醫療
MEDICAL
人文

# 陪伴

最美的醫療人文2

# 目錄

## 推薦序



## 第一部 意外人生 愛相伴



## 第二部 防疫前線 心守護

推薦序

# 醫療人文傳典範 有愛陪伴不孤單

釋證嚴．佛教慈濟基金會創辦人

慈濟醫學年會所舉辦的「最美的醫療人文」徵文已邁入第二年，感恩各院的醫、護和醫事菩薩，願意將與病人互動的點滴，或以親身參與的經驗，或透過觀察，以細膩的筆觸書寫下來，把剎那的感動化為永恆，把感人的故事，留存在人間，而這些都是慈濟醫療歷史的一部分。

人間是苦，尤其在醫療體系能看到很悲苦的人生。有的個案本就貧困，老來又面對著病痛，而且孤單無依，實在真苦啊！台中慈院醫護團隊照顧過一位曾經是酒店大老闆的病人，過往丟下妻兒，流連歌臺舞榭；後來事業一落千丈，債臺高築。家人棄他而去，父母又因車禍離世，憂鬱症也襲捲而來，甚至罹患了肝硬化。在孤單窘困的生命正在倒數時，只有慈院醫護以真誠的心關懷著他，讓他重新感受到溫暖，而這就是醫療人文的落實與展現。

每位醫師學醫的初衷是為了救人，最怕在學成投入工作後，熱情漸漸磨損，甚至變冷漠。如何護住學醫的熱忱？需要好的環境。感恩在慈濟醫療志業體，人與人之間都是相互勉勵、互成助力，就像是彼此的保護膜。大家不問健保是否能給付，只要能夠救治，都會盡心力付出。常聽到好幾位醫師聯手搶救一個病人，大家拚生命付出，一臺刀開一、二十個小時，或超過二十小時也時有所聞。在慈濟環境中，大醫王們都是如此用心。

最近一直覺得，幸好當年起了一念心，開展慈濟志業，否則那些貧苦人怎麼辦？開始募款蓋醫院時，我們什麼都沒有，一把沙、一塊磚都不放棄，感恩許多人點點滴滴護持，才有現在全臺七家慈濟醫院，在各地帶動真誠的醫療人文。回想過去，曾參與過的人，都要肯定自己的生命很有價值。「經者，道也；道者，路也」，真正走過的路，才能從口說出、用文字寫出，能夠留下歷史。

首獎作者是花蓮慈濟醫院的陳醫師，他的文字描述帶著大家重返二〇二一年四月二日太魯閣火車出軌事故現場。當時，慈院醫護立刻動員趕赴現場參與救援，而作為後送醫院之一的花蓮慈院急診室則啟動大量傷患機制，讓到院的輕重傷者快速得到治療。志工、社工與行政同仁也忙著在安撫受到驚嚇的傷者與趕來陪伴的家屬們。

還有二〇二〇年新冠疫情爆發後，為療治確診病人，各院專責病房裡的故事。站在第一線的醫護必須穿上悶熱的層層隔離衣，還要戴上很難大口呼吸的N95口罩、面罩。感恩各院醫護不懼風險增高，自願報名，披甲上陣，為搶救生命而勇於付出。

台北慈院有一群身為母親的護理師，為避免感染給家人與孩子，她們下班後不敢回家，留在醫院為她們準備的宿舍裡，只能仰賴通訊軟體與家人視訊。有時思念雙親與稚兒，在返家的短暫時間裡，只能隔著玻璃門窗，看著孩子哭著伸出雙手，期待投入媽媽的懷抱而不可得。感恩醫護與他們的家人，犧牲一家團聚的時光，只為了守護每一條危急的生命。

而在病人數爆增，醫療能量緊繃時，慈濟七家院區不但願意承接病人，還想盡辦法安撫他們因為驚惶失措、擔心家人所引發的情緒與抱怨。專責病房與急診的護理師，每七天要進行一次新冠篩檢，雖然很難受，但為了救治命懸一線的病人，他們難忍堪忍，示現大醫王與白衣大士聞聲救苦的菩薩心。

其實，病人是醫生最好的老師，當朱醫師遇上了全臺只有二十五例的罕見疾病病童時，她專程飛到日本學習如何照顧，雖然罕見病症無法完全治癒，但醫護團隊以病人為中心，為孩子打造了個別化的醫療服務，讓家屬有了依靠，不再孤單徬徨。

常說我愛所有人，但是自己能力不夠，需要有一群人愛我所愛，共同將愛擴大，串連起人間菩薩的大愛。感恩慈濟醫護菩薩，用虔誠的心相待，大家互相感動，互成典範。堅定守護生命、守護健康、守護愛；期待大家能以文字、影像將醫療感人的故事記錄下來，讓醫療人文典範永續流傳。

推薦序

# 最美人文 處此而說法

林碧玉．佛教慈濟慈善事業基金會副總執行長

二〇二二年初國際科學界捎來令人振奮的訊息，是史丹佛大學專家們與愛思唯爾（Elsevier，荷蘭的國際化多媒體出版集團）合作，以Scopus文獻資料庫的論文影響力數據做分析後，發佈全球前百分之二頂尖科學家名單。令人感動與驚喜的是慈濟醫療與教育志業體共有九位名列此全球前百分之二的頂尖科學家「終身科學影響力排行榜（一九六〇年至二〇二〇年）」，回顧當年證嚴上人，篳路藍縷在花蓮為東部地區興辦慈濟醫院，專業人才不願東來的窘境，如今同仁在全球占有一席之地，真是可喜可賀！

更歡喜的是現任醫療志業副執行長的郭漢崇醫師名列其中且列前茅，真是實至名歸。郭醫師是泌尿科專家，長期鑽研尿動力醫學研究，其獨特性成果透過文章分享於全球，其見地動見觀瞻引領該專業風騷。臨床服務更具人文名揚海內外，全球各地都有慕名而來求診的病患，尤其看到諸多紛紛前來向他學習的醫師，內心的喜悅難以形容，真是與有榮焉！

憶當年臺灣東部地區各項設施落後，尤其是與生命攸關的醫療，更是貧瘠，病患無論是意外事故，或一般疾病，甚至連騎腳踏車跌倒，均需北上求醫，經常魂斷蘇花公路，證嚴上人不忍病患求醫無門，因此發願在花蓮為東部地區民眾興建一所具醫學中心水平的醫院。

於籌備醫院期間，一日證嚴上人前往某醫院探病，適逢病患因無法忍受醫師治療疼痛哀嚎時，醫師不只沒有安撫病患，卻不斷責罵病患，哀嚎與辱罵聲交雜，讓上人心疼不已，更堅定興辦的醫院，不僅醫療專業具國際水平，服務要以病人為中心，更要視病如親，愛的醫療是唯一的目標。

豈知醫院完成後，卻面臨沒有醫護專業人員願意東來服務的困境，尤其是啟業後第三年，眼見臺大派來支援的醫師們，各個均要返臺大醫院任職，沒有醫師怎麼辦呢？幸好，當時郭漢崇等醫師有到花蓮慈濟看門診等，被證嚴上人的悲心所感召，幾經轉折放棄已是臺大醫院有教職的醫師職位，發願前來花蓮追隨上人為偏鄉的醫療付出。

猶記得郭漢崇醫師來報到後，第一次參與委員聯誼會，在醫院的大廳，鏗鏘有力的當眾發願，要簽三十年的合約，一時掌聲響起，為惶惶不安的當年，注入一股安定的力量，想到此耳際似乎還迴繞著當年的掌聲。

是的，當年若非陳英和醫師的率先行，與郭漢崇醫師隨後到的熱情，更夥同一群優秀醫師，攜手同行落後的東部，為偏鄉醫療奉獻的心力，深信這一切都是累生累世與上人結下了不解之緣，才有可能放棄人人羨慕的臺大醫院醫師的頭銜。

上人以堅定的意志，指引守護健康與愛的方向，又有大悲願力醫師願意遵行，他們懷抱著病患走不出來，我走進去偏鄉陋巷膚慰，一步一腳印打造出特殊的大愛人文院風，如今在國際間已創造出專業與人文兼具榮譽，因之典範醫師的身行，成為慈濟醫療年輕醫師們的楷模，一代代為愛一棒接一棒的付出，創造出最美的醫療人文。

證嚴上人近年來一再請大家莫忘那一念、那一人、那一年，希望大家盤點生命的價值，並將當下這一念，為人間美善留史，感恩醫療執行長辦公室團隊的努力與用心，從二〇二〇年開始推動慈濟最美醫療人文的徵文，期待收納散落在各角落，埋藏在個個付出的醫護同仁身邊的感人事實，有機會字字珠璣串連起來。

今年最美醫療人文的內容比上一年度更多元，有（二〇二一年四月二日）太魯閣號火車在隧道闖山壁的意外事故，將同仁們在冗長又暗黑的隧道中，搶救生命的行動用片羽隻字記錄，從文中才知慈院吳坤佶醫師參與義消大隊，且是擔任隊長，日日守護意外災難，此次事故發生時，掙扎著該照顧候診病患，或是前往意外現場？幾經掙扎打開診間的門，誠懇的徵詢門診病患是否可以請假去救難現場，那一刻，連候診病患都成為救人的菩薩，於是吳醫師趕往現場，衝進隧道，在暗黑的車廂中，搶救、尋覓生存者，用厚實的雙手擁抱救出的小朋友……

這次的意外創國內最大的災害，當日吳醫師在令人心碎的現場，指揮若定恐失分秒，林俊龍執行長則在隧道口，做第二度檢傷分類，而林欣榮院長守在醫院門口迎接，全院同仁動員深恐失分秒、失人命，因之有到前線、有守後方，令人驚奇的是受傷者住進醫院後，因為有安全感的欣喜。

本次徵文篇篇優質難捨片字，有一篇朱紹盈醫師撰述的「鳳林來的的阿妞，You will be loved.」，細數朱紹盈醫師為治療罕見疾病小朋友「阿妞」的疾病，似俠女般專程飛往日本尋求解方的心路歷程。

憶起朱醫師剛來花蓮報到時，宛如剛畢業的學生，青澀、清純、懷抱照顧兒童健康的憧憬，轉眼間生兒育女扎根花蓮。二十餘年來懷抱母愛的情懷，視小病患如己生，尤以照顧罕見病患兒童的堅持，與病患幾乎共呼吸。

尤其朱醫師深研小孩的閱讀攸關一生幸福，不捨他們沒有接觸書籍的機會，除在醫院送給每位產婦一本書外，還向醫院請三年留職停薪的長假，下鄉一村村一戶戶陪讀，看到她在鄉間，像村婦般牽著一個個小朋友，一位位陪讀，說是為小孩，其實是替整個社會，培養未來正知正見的人才，這一些均非常人所能為，唯有大仁大勇菩薩方能為之。

第一屆投稿中提到的丘昭蓉醫師，哲人雖遠飄，當年獨行於關山偏鄉的典範猶存，不僅是病患永遠記得，其對後進醫師的影響是如此深遠，若非他們投稿，我們僅能主觀的認知，很難體會箇中滋味是如此甘美，真是善的傳承。

仔細咀嚼參與的文章，篇篇都充滿醫者仁者之愛，而得獎文字中，有同仁生病了，不是擔心自己的復原，而是心繫與病患有約，擔心是否還能依約照顧病患，見證了《無量義經》經文中：「猶如船夫身有病，船身堅固能度人……」的大無畏。

亦有病人的阿嬤隱藏在內心的祕密之心情故事，病人與親屬間，有不可說的親情牽繫，緊扣人心刻畫至性。更不捨同仁們為新冠病毒疫情，在第一線所做的一切。筆者隨著每一位同仁的文字，傾聽出字字宣洩內心豐厚的悲心，每一篇章均躍動筆者的心弦，與之既相知又相惜為何有如此熟悉的感覺？原來是源自於《法華經》云：「大慈悲為室，柔和忍辱衣，諸法空為座，處此而說法」教法。是的，是同仁們實踐了上人殷殷叮嚀「守護生命、守護健康、守護愛」的使命，一切以病人為中心的企盼，大家真的身體力行做到了，筆者除了感動與感恩復有何語言文字能言謝呢？

感恩同仁大家用心撰稿為慈濟留下美好歷史，亦為醫界留下點滴典範，更重要的是為代代傳承提供最好的教材，加油！再者抱歉的是「序文」無法將每一篇章的好，一一回饋感恩，但還是企盼明年再接再厲，提起筆記錄。今日的文字，是永遠的史實，在樹立慈濟醫療品牌的當下，最美的醫療人文在慈濟永存，同仁們真了不起啊！

【推薦序】

# 永遠把病人擺在第一位

林俊龍．佛教慈濟醫療法人執行長

醫院向來是最容易看見病苦與愁容的地方，只要一個人生病，整個家庭往往也陷入愁雲慘霧之中。所以常被稱為「白色巨塔」的醫療院所，其實是比任何地方都更需要注入誠心、來溫暖相待之處。

慈濟醫療志業「最美的醫療人文」徵文活動在郭漢崇副執行長的推動下，即將出版第二屆文集，看了這些在醫療路上願意同理病人、付出關懷的同仁，心中無比感恩。去年（二〇二一年）臺灣發生了兩件大事，一是四月的太魯閣號列車出軌事件；二是五月疫情瞬間爆發的嚴峻與恐慌。這兩個事件都有許多慈濟醫療志業的醫護投入救治並寫下了誠懇動人的分享，收錄在這本文集中。猶記得去年的四月二日，為了尋找一位搭上那班列車卻電話一直無法聯繫到的重要主管，我也在第一時間從靜思精舍趕回醫院穿上白袍，與急診護理師帶著急救包趕到太魯閣號出軌現場，其他醫院前往救援的護理師一看到我，就對我說：「院長，看到您，我就安心了！」接獲那位主管平安的消息後，我依然留在現場協助檢傷分類，後來因為受創最嚴重的車頭與車廂比較靠近隧道另一頭，我也跟著現場救災指揮官從清水移動到崇德、再到新城車站繼續檢傷任務。

這三十多年來，我參與過慈濟在海內外許多大大小小的急難救災與義診活動。在大型災難現場，分秒必爭，檢傷分類非常重要，準確分配送往哪間醫院，才能讓醫療資源發揮最大功效，及時挽救更多生命。花蓮有四家醫院待命，我在現場，一邊檢傷，一邊與後送醫院保持連絡，我要決定後送的前後順序，分析這個病人存活的機率有多少，要怎樣才能達到能讓他活下來的目標。好些重傷需緊急開刀的送往慈濟醫院，而有對父子，孩子的腳骨折了，我決定送他們到門諾醫院，因為當時花蓮慈院急診與開刀房已接近滿載，後來從新聞上看到這對父子得到了很好的治療，確認了當時的判斷是正確的。當然那天，也是非常難過感傷的一天，只能虔誠為所有亡者祈禱並祝福所有傷者早日康復、走出陰霾。

事隔不過一個多月後，臺灣又爆發嚴重疫情，如驚濤駭浪襲來，慈濟醫療志業有非常多同仁自願投入第一線，他們若不是心中有使命、有願力，怎麼會不怕感染風險，義無反顧的披上防護裝備，日以繼夜地來照顧確診病人呢！為了救治病人，多數的醫護選擇住進醫院的防疫宿舍，他們在病房裡輪值多久，就有多久沒有回家。每次想到他們搶救生命、照顧確診病人的堅毅身影，就讓我敬佩不已。

這群醫護也把病人擔心自己來不及說愛、說再見的苦楚，寫了下來。醫療可說是災難後最堅實的堡壘，而要能如實守護好病人，除了醫療專業，更需要那份善解病人、無私付出的愛與關懷。

## 醫護是一份神聖的專業

日新月異的現代科技也讓醫療不斷競逐著最新儀器，從過去的電腦斷層、核磁共振到這些年來發展的達文西機械手臂、AI智慧醫療等，雖然能協助精準解決病人問題，但卻得付出越來越昂貴的代價。然而，無論再怎麼先進的儀器，都無法取代人與人之間那份自然、誠懇的醫病關係。

醫護是一個神聖的專業，我們是因為病人而存在的，從穿上白袍的那一天起，我們就必須把病人的福祉放在自己的利益之上，永遠把病人擺在第一位。我誠心希望所有慈濟醫療志業的同仁，都能體會醫療的神聖，我們是在幫助病人脫離苦痛、得到那一分喜悅，而不是成為產業鏈的一環。如果只是為了謀生賺錢，就失去了從事醫療工作的意義，也難以永續。

證嚴上人經常提醒我們，從事醫療要「用生命走入生命、搶救生命」，專業與關懷，缺一不可，正如許多醫護常提到的，「病人或家屬的笑容，是天底下最美的笑容」，願我們永遠懷抱著這樣一份心意，繼續我們的使命與願力，讓慈濟醫療人文，永續傳承。

推薦序

# 讓冰冷的醫院充滿溫暖

郭漢崇・佛教慈濟醫療財團法人副執行長

醫院是治病的場所。在醫院裡面，我們需要較冷的環境。也為了乾淨，所以醫院裡的醫師、護士的衣服都是白色，地板、牆壁也通常都是白色系。只要有任何汙垢，就可以立刻清除。在醫院裡面燈光是明亮，但是空氣是冰冷的，因為我們需要在較低的溫度下，才能阻絕細菌的生長，讓病人不容易感染，病才容易好起來。再加上漂白水、消毒液的味道，所以很多人走到醫院裡面，都會非常緊張，感覺醫院是一個嚴肅，沒有人情味的環境。

其實，醫院雖然是冰冷的場所，但也是最溫暖的地方。因為醫療要解決病人的病痛，而在醫療的過程中，我們有許多必須要接觸到病人內心深處，或是身體深部的時刻。在這個時候，醫護人員便會接觸到病人內心最大的祕密，或是他們最無助的地方。給予病人安慰，給予病人治療，能夠讓病人病痛早點痊癒，就是人間最溫暖的過程。

慈濟醫療志業在二〇二〇年，第四屆慈濟醫學年會的時候，在志業體內舉辦「最美的醫療人文」徵文，有接近二百篇的文章，從各個慈濟醫院、慈濟大學、慈濟科技大學，以及無數的慈濟志工們，紛紛將他們所看見、所耳聞、所親身經歷的醫病關係，寫成一篇篇感人的故事。這些文章並沒有華麗的文字，但他們卻詳實的記錄了很多醫療的過程，醫病之間的互動，以及一個旁觀者內心的悸動。經由這些故事的內容，讓我們了解到，在每一個醫院的角落裡，其實隨時都在上演最美的醫療人文。只要你用心去體會，只要你細心去觀察，你就可以感受到在醫院裡面最溫暖的一些故事。

二〇二一年在第五屆慈濟醫學年會裡，我們又徵求到近百篇的文章。經過評審，我們選出了二十篇得獎作品以及佳作，集合成一冊，成為第二屆「最美的醫療人文」故事集。根據故事的內容屬性，我們把它分成五部分，分別描述不同的醫療人文及感動。這些文章各有不同的觀察角度以及故事內容。雖然文筆深度不同，故事描述的情節也不同，但是慢慢的閱讀這些故事，總會感受到每一個作者以及故事中的主角們，在故事發展的過程當中，內心的那種感動和悸動。

在本書的故事裡，第一名是「驚慟太魯閣 暖溢慈濟情」，由花蓮慈濟醫院骨科陳顥文描述太魯閣號發生事故的時候，醫護人員奔向現場，搶救生命的過程。在事故的現場看見的慘狀，以及在醫院急診處體驗醫病關係的呈現，志工、護理、麻醉以及外科醫師們紛紛投入救難。這種凝聚的信念，溫暖了傷患的內心，也成為支撐他們努力活下去最大的力量。

花蓮慈濟醫院小兒科朱紹盈醫師，介紹了一位獨特的新生兒，患有高雪氏症的小寶寶。這種罕見又棘手的遺傳疾病，在專攻遺傳醫學的小兒科醫師手中，變成為一個被寵愛的瑰寶。在經由跨專業醫療團隊給予病人的支持和治療，使得小孩子終於擺脫疾病，慢慢的成長。同樣是花蓮慈濟醫院小兒部的陳明群醫師，對於一個六個月大就得了腎性尿崩症的男嬰，詳實的記錄了他的治療過程。醫師對於病人的關心，同時也給予家屬最大的關懷。不只是病人可以逐漸的長大，家人也可以在良好的醫病關係之下，安心的過正常生活。這種美麗的醫療人文，在特殊的疾病裡，經常可以有讓人感動的故事。

另外，由復健技術科林淨心治療師，以自身罹患肺癌，在手術前後的親身經驗，描述身為病人內心變化，以及經過自己生病之後，回到職場，努力地為所服務的病人進行復健的工作。這種由內心啟發自身動力，在親身經歷病痛的折磨之後，更能夠在治療病人時，更加照顧到病人的感受，讓病人更能有自主復健的意願。故事雖然平實，但文字中不時讓人感受到，治療者和被治療者之間，角色互換的內心悸動。

二○二○年以來，新冠肺炎造成全世界的恐慌。站在第一線的醫護人員，雖然身穿防護衣，但是內心的壓力，以及在防護衣下面的辛苦，恐怕不是一般人能夠體會到的。在本故事集裡，我們有四篇相關的文章，分別描述了在防疫最前線醫護人員們用心守護病人的安全，那種無私無我的情懷。尤其是用很簡單的文字，描述醫病共同面對新冠肺炎的壓力和治療的決心。難怪每一個經歷過這種防護衣下高熱環境煎熬過的護理人員，在他們回顧那段防疫的艱辛歷程時，都會講「我是護理人員，我驕傲」。

這一些美麗的醫學人文的故事，可能在你我身上都經常會接觸到，但是如果我們沒有及時把它們記錄下來，時間一久，便會消失在記憶中。經由慈濟醫療志業「最美的醫療人文」徵文活動，我們激發出慈濟醫療志業的醫護相關人員以及志工們，把他們所見所聞，親身經歷的許多最美的醫療故事寫出來，留下紀錄。

這就是慈濟醫療最美的大藏經。

# 第一部

# 意外人生　愛相伴

◎本文獲第二屆「最美的醫療人文」徵文比賽 第一名

# 驚慟太魯閣 暖溢慈濟情

陳顥文・花蓮慈濟醫院骨科部

## 事發

二〇二一年春季，新冠肺炎(COVID-19)疫情爆發已一年餘。隨著國際間疫苗問世的捷報陸續傳來，疫情的舒緩似乎透露出希望的曙光。然而，醫護防疫的前線仍是高度緊繃，堅守不懈。殊不知，抗疫之餘，尚有重大災難事件突發，考驗著慈濟醫護及慈濟人的發心和智慧。

春末晴朗無雲的四月二日上午，適逢清明連假首日，滿載花東訪客與歸鄉遊子的408車次太魯閣號，傍著清水斷崖蔚藍的海天一線，朝著花東的方向急馳。太魯閣列車潔白優雅的流線，優雅怡然地在山壑隧道間穿梭隱沒。

九點二十八分，霎時響起驚駭的一長串鳴笛，猶如鋒利的匕首，劃破山谷間的寧靜，連番驚聲尖叫間，列車的猛烈撞擊爆出滔天巨響，揚起漫天的砂石與塵土，翻覆的車體在軌道與石壁摩擦下，炙熱灼人的火花四濺，發出尖銳刺耳的「嗤——」，彷彿來自幽冥深處的嘆息，一路探入狹窄無光的隧道底部，被一片無盡的黑暗吞噬殆盡。

撞擊後隧道外側的車廂，雖承受的力道較小，乘客幸運地傷勢較輕，卻因為土石煙塵揚起，遮蔽了逃生的方向，一度造成人群的恐慌而發生爭先逃脫的踩踏。好在，多數傷者仍能相互扶持，破窗逃生，甚至能協助受困傷者脫困，等待救援的到來。

然而，位在隧道深處的車廂在撞擊中首當其衝，即使堅固的車體在高速的衝擊下，也如摧枯拉朽般被無情地撕裂扭曲，不難想見其中乘客的處境是何等的凶險。

當時，伸手不見五指的黑暗中煙霧彌漫，摩擦的高熱溫度，刺鼻的焦臭與血腥充斥在狹小侷促的空間，聲嘶力竭地哀嚎與哭喊聲不絕於耳，受衝擊而拔起的座椅、狼藉四散的行李雜物、破碎噴飛的玻璃甚至是傷亡者的殘肢、血液和體液全部疊聚在嚴重擠壓變形的車廂內。

驚恐萬分的倖存者已經完全無法思考，唯有忍住身上多處骨折甚而出血不止的劇烈痛楚、掙扎地從身旁罹難的大體下探出頭臉，尋求一線生機。

此時隧道的最深處，活脫脫是個人間的煉獄。

## 救災的應變——支援前線的先行者

如此重大事故發生後，作為孤守東部臺灣的醫學中心，花蓮慈濟醫院責無旁貸地承擔起醫療救治的主角，迅速組織「救災協調總指揮中心」和警消救護大隊組成最堅實的團隊，著手搶救現場的大量傷患。慈濟醫療法人林俊龍執行長當下指示立刻縮短公務會議，帶領醫護同仁前進事故現場建立醫療站，掛起聽診器親自診察許多事故傷者，耐心聆聽患者們心中的驚懼與惶恐。其身先士卒的表率，使得慈濟醫護們的士氣受到莫大的鼓舞。

此次事故屬於特殊狀況，在醫療術語中稱為「大量傷患」情境。往往發生於重大事故現場，受限於地形、安全範圍等等因素，導致需要醫療處置或後送的病人數量，遠超過現場救護站所能提供的醫療能力。在「大量傷患」情境之下，如何運用現場有限的醫護人員，盡可能救治最多的傷患是一門高難度的學問。除了透過快速「檢傷分類」，將醫療資源做最有效率的分配之外，還需要理性地選擇放棄某些存活率較低的傷者，以顧全最多傷者倖存的大局。

由於骨科本源於戰場上的軍醫系統及戰地醫療，對於「大量傷患」情境的處置，更是專科訓練中重要的課題與素養。因此，在這次事故中，花蓮慈濟骨科醫師全體自發性動員，妥善安排前線及後援分工，全力投入救治的任務。

在救援前期發現隧道深處的重災區，有傷者受到變形扭曲的車體擠壓，整隻右腿深陷其中且流血不止，若不盡快截肢且後送至隧道外施行急救，極可能有性命之虞。骨科葉光庭醫師知悉此訊息後，即刻扛起截肢所需的整套手術器械，飛車趕至事故現場，匍匐鑽入重重阻隔的車體，嘗試於狹窄黑暗的隧道內，為該傷者博取一線生機。縱使最後仍無緣保住該名傷者的性命，卻也因葉醫師不辭辛勞，在現場積極地奔走，才能在生死的懸崖邊緣，多挽回幾條寶貴的生命以及其背後的家庭。

而吳坤佶醫師既是骨科醫師，亦是花蓮縣消防局救護義消大隊長。事發當時，吳醫師正於門診看診中，聽聞火車事故的初期，尚未有明確傷亡傳出，未知其嚴重程度。然而，隨著時間進展，現場慘烈的照片與遠遠超過預期的傷亡人數漸次出現，急需支援的訊息也從院方、警消、義消等方面傳來，甚至還有往昔的老病友致電殷切懇託。面對來自多方的求援如雪片紛飛而至，同時診間內外又有許多排隊候診的病友，吳醫師內心很是掙扎。

經過片刻內心的煎熬後，吳醫師走出診間，向等待的患者們深深地鞠躬致歉。吳坤佶醫師認為，雖然醫治門診的病人很重要，但在災難事故的最前線，有更需要他的傷患，還在事發的現場等待他去醫療及救助。

「對不起，今天恐怕要跟大家失約了，因為花蓮的最前線，還有更危急的人們，需要我們的醫療及救助。」

帶著滿懷愧歉的吳醫師深知傷亡嚴重，已無暇返家換上昔日救難的裝備，顧不得一襲醫師白袍，與眾家義消弟兄擠上支援車輛，馳援最前線。

甫抵災禍現場，眼見事故的慘況後，縱使參與過菲律賓、斯里蘭卡以及國內多次重大災難救援的吳醫師，也感到心驚膽顫。

只見塵土飛揚，如硝煙瀰漫，醫療站旁已有大批傷者或坐或躺。然而，漆黑的隧道口內，多組救難弟兄仍從朦朧的煙塵中，接連不斷地送出更多更多的傷員。

再往隧道深入，橫斷翻覆的車體卡住了隧道山壁，兩旁完全沒有空間可行走，只能從車廂變形的側壁，攀爬臨時架設的梯條而上，才能尋得些許空間沿著軌道持續深入，直達最為慘烈的第七節及第八節車廂。

## 人間的煉獄——黑暗深處的悲痛

不見天日的隧道深處，空氣中混雜著車油揮散的焦味與血液、體液氧化的腥味，嚴重變形扭曲的車廂中，四散噴飛的除了行李包袋和玻璃沙石，更有許多是傷亡者的大體和斷肢。為求救活最多傷員，吳醫師與救難弟兄只得強忍心靈與肉體的衝擊，放下罹難的亡者與大體，優先搜救尚有生機的傷者。然而，想在如此漆黑又倒置的窘迫空間內深入，是何等艱困且痛心，因為每個翻開的軟塊都可能是罹難的大體殘肢，每步腳下踩踏的溼滑，都可能是受難者的血液體液。

許多平日鋼鐵形象的救災弟兄們，見了如此景況，都難忍心中劇烈的衝擊，攔不住的淚水奪眶而出，倚靠著牆面的狹小空間，久久不能自已。

此時，吳醫師身為一介長年開刀的外科醫師，更是搜救界弟兄們的資深前輩，在此救難的最前線，還需同時安撫弟兄們近乎崩潰的情緒，穩定救難隊的士氣，才能繼續與時間賽跑，營救出更多受困的傷員。

鋼鐵弟兄見此場景，不能自已，更遑論在搜救現場找到的受難孩童。搜救過程中的一對媽媽與幼童互擁瑟縮在車廂的一角，媽媽身上滿布血跡，卻仍緊抱懷中的幼子。吳醫師初步檢傷下，孩子雖然未有明顯傷勢，但媽媽身上傷已見骨，急需送出隧道緊急處置。然而，好不容易能從如此重大災難下倖存，媽媽怎捨得再次和骨肉分離！

無奈，救援時機稍縱即逝，吳坤佶醫師只得耐心安撫這位媽媽，請她不要擔心，自己會幫忙照看好孩子。縱使有千般不捨，滿臉淚水的媽媽只得將幼子囑託與這位漆黑隧道內素昧平生的吳醫師。

為免幼童驚怕或受傷，吳醫師緊緊地抱起幼童，耐心安撫，告訴孩子：「不要害怕，醫師北北很愛你，會保護你的，這次我們不用打針，不用怕。」而如此感人的一幕，有幸被義消攝影師記錄下來，才讓世人們發現，原來漆黑隧道的深處，尚有慈濟人性的光輝，照耀著每個陰暗苦痛的角落。

## 全院總動員——醫護齊心度難關

除了前線的搜救，從清水隧道到花蓮慈濟醫院的路上，三、四十臺的救護車呼嘯來回，持續後送傷患就醫。花蓮慈濟醫院的急診早已全力戒備，接納大量傷患外，院方也啟動了代號「紅色九號」的全院動員，透過通訊網絡，召集全院當班的醫護同仁，確保手上醫療業務完善之餘，撥出人力支援急診。

許多下班輪休的醫護同仁，縱使未接受通知或者甫結束整晚的值班勞累，仍義不容辭地返回急診，協助照護源源不絕的傷患。筆者適時正於骨科專科考試前的溫書假期，考試大限已迫在眉睫，沉重的壓力雖苦不堪言，但比起眾多生靈橫遭禍劫的傷痛，個人的壓力又算得了什麼呢？我提醒自己「雖然是個考生，也是個醫生。」在花蓮慈濟骨科的這幾年，眾多優秀前輩日復一日地栽培提攜，傳授知識技術，就是為了有一天，能在天災人禍下，盡可能地救治傷者。

被通知的當下我立即趕赴急診室，儘速與急診與骨科同仁會合並妥善分工。考量骨科傷口照護的專業技術，我主力負責急診縫合室，為源源不絕後送來的傷者，處理各種外傷。其中，許多傷者的手腳、軀幹及頭臉都有各類深淺不一的傷勢。有些是撞擊當下皮膚破損，有些是被斷裂的車體、噴飛的玻璃所劃開的裂口，還有深可見骨的深層切傷，托著搖搖欲墜的皮瓣肉塊鮮血直流，以及佈滿油漬、沙土、血塊的多重慘狀。

其中，最令我心疼的是一個三四歲大的小女孩，小小的額頭上被縱向劈出一道又深又長的裂口，延伸到頭頂深處。劇痛之下，懵懂的孩子只能意會痛哭哀號，激烈地掙扎，好在身旁支援而來的護理長及慈濟師姊緊緊地抱著傷痛受怕的小女孩，我才能趕緊開始處置傷口。為了徹底清潔傷口及消毒，我只得修剪小女孩的瀏海甚至頂上的頭髮。我一邊安撫小女孩的情緒與淚水，一邊操持電動推剪，幾番「嚕～嚕～嚕～」聲響下，露出小半個光頭，如此才能看清整個裂口的傷勢。適當清理後，傷口仍須以針線縫合。有鑒於之前替小病人醫療帶來的經驗，為了減少孩子們的懼怕與焦慮，每每嘗試和孩子交心的對話，分散他們對於局部麻醉針或縫合的注意力。

「妹妹你叫什麼名字啊？」

「家裡有沒有養小動物啊？」

「只有養狗狗嗎？」

「狗狗叫什麼名字啊？」

「小黑幾歲了？」

「你有幫小黑洗澡嗎？」

「喔喔狗狗很兇喔？」

「所以你怕怕狗狗嗎？」

「那你還有想養其他動物嗎？」

「養小貓咪嗎？」

「想養什麼顏色的小貓咪？」

「爸爸媽媽不讓你養喔？」

「你會好好照顧小貓咪嗎？」

「那叔叔幫你跟媽媽說養小貓咪好嗎？」

在紛擾嘈雜的急診室，我們在縫合區撐起一個讓孩子安心的小小空間，頂著壓力下，也要安撫孩子童稚的心靈。幾番來回對答之下，我也迅速由深至淺地縫合了頭臉的傷口，更在臉部用上細緻費工的「繡花縫法」與美容膠，貼合破相的傷口，盡力減少日後留下的疤痕。

包紮完縫合後的傷口，並遮上臨時在縫合室，用橡膠手套吹氣打折出來的小動物氣球，作為獎勵孩子配合治療的小小獎品之後，正目送著師姊帶著孩子離開縫合室，我突然想起方才與小女孩的承諾：「要幫她跟媽媽說她想養一隻小貓咪。」趕忙隨口問了一句「妹妹你媽媽呢？」此時，身旁其他師姊趕忙湊到我耳邊低語。原來，小女孩被救出時，爸媽在事發當下已受困車廂內了無生息，恐怕凶多吉少，而小女孩甚至親眼目睹自己的弟弟在事發的撞擊下，頭顱抛飛出去而身首異處。

霎時，我心痛萬分，趕忙追上這位小女孩，給她一個最深最暖的擁抱。

我心中默默地想著「孩子啊，你頭上臉上的傷疤，我絕對能幫你修補到最美最好，但是，你心裡的傷疤，我又該怎麼辦呢？」

## 溫暖的後盾——凝聚慈濟的信念

此次事件中，慈濟基金會在事發後立即成立了災害救助小組，進駐事發地點周邊的清水休憩區與崇德車站設立關懷服務中心，供傷者與家屬休息。同時亦即刻組建數頂帳篷當休息站、義診站供現場警消人員緩解搜救的辛勞與高度的壓力。

慈濟靜思精舍的師父也在第一時間，全體動員下廚，趕在中午之前準備六百份熱食便當以及各式乾糧補給，使得現場苦痛的傷者和辛勞的搜救人員免於飢餓之苦。此外，自發匯集的各路慈濟師兄師姊，進駐現場、急診及病房，協助安撫傷者驚慌無助的心。甚至在助念室與殯儀館，也有溫暖的師兄師姊，輪流陪伴膚慰著罹難者的家屬，盼其節哀珍重。這一切凝聚起了慈濟人的精神信念，正如同證嚴上人一直跟我們提醒的「大哉教育」，讓我們從中看見了生命的無常與脆弱，同時，也看見了人性的芬芳。

最後，我們衷心地期盼，太魯閣號災難事件的相關人士皆能「生者心安，亡者靈安。」

溫柔而剛毅的愛，如同寒冬中的暖陽，
那怕是一個輕輕的擁抱、一句淺淺的關懷，
都能將我們從悲慟的懸崖邊拉回來，
在我們支撐不住的時候，
給我們堅定下去的力量。

◎本文獲第二屆「最美的醫療人文」徵文比賽 第二名

# 鳳林來的阿妞，You will be loved.

朱紹盈・花蓮慈濟醫院教學部／兒科部

## 二〇一八年的春天

美麗的花蓮縣鳳林鎮誕生了一個獨特的孩子，是一個巨蟹座的女孩，取名阿妞。不得了呢！她是遠方花蓮國有醫療史以來第一個新生兒篩檢出來的高雪氏症小寶寶。高雪氏症是什麼啊？聽起來好像是一個很美麗的病名！原來是為了紀念法國的一位皮膚科醫師Philippe Charles Ernest Gaucher而命名，因為他的細心與用心，他於一八八二年首次在醫學文獻裡發表這個很少醫師知道的疾病。

## 罕見又棘手的遺傳疾病

高雪氏症是罕見的遺傳疾病，全臺灣大概只有二十五個病人，醫界的照護經驗相對是不足的。疾病是由帶有隱性基因的雙親遺傳而來，所以會遺傳給下一代，同樣疾病的患者會重複出現在同一個家族裡，這是讓大家最害怕的地方了。病變的起始位置是在細胞裡的一個小胞器，稱為溶小體。溶小體是細胞的回收中心，像環保站一樣，裡面有很多酵素也就是酶，酶的功能是將老化或損壞的各種物質消化分解並進行回收利用，協助細胞內各種物質的更新與重新組成。

高雪氏症即是因為基因病變，造成一個稱為葡萄糖腦苷脂酶的酵素失去了活性，讓體內大分子的醣脂類無法在溶小體內順利的進行代謝，醣脂類就會開始堆積，當堆積至一定量時，溶小體會被撐破、細胞會死亡，堆積會持續進行，影響身體更大的器官與系統，如：肝臟、脾臟、骨髓腔、骨骼系統以及神經系統，帶來更大的破壞與臨床的症狀。因而高雪氏症又被歸類在溶小體儲積症這個疾病族群裡，這些疾病又次分為很多型，極其複雜，對所有人而言，是陌生又未知的領域！

## 醫師的使命與承諾

為了把阿妞照顧好，小朱醫師千里迢迢的飛到了日本，學習如何照顧高雪氏症的小嬰兒。令和元年的相遇，因著這個二十天大就認識的罕見疾病寶寶，讓小朱醫師也與新宿市區裡一大片又一大片的杜鵑花和罌粟花相遇了。百花齊放的市區裡，雖然開滿了極其溫柔又春天的顏色，空氣還是非常的冷冽。

酵素替代療法、基因工程、葡萄糖腦苷脂酶、基因治療、臨床實驗，實證結果的臨床運用，基質減量治療(Substrate Reduction Therapy)使用時機，自體免疫抗體的監測，無數的罕見的醫學與先進的生物科技名詞塞滿了三天的會議。讀不完的文獻，學不盡的新的醫學知識與技能，小朱醫師只好變成海綿寶寶，全力吸收。這是醫師需要完成的天命與使命，也是對阿妞的承諾！

在新宿每天從會議場所走回下榻的飯店時，都會路經一個長長的地下道，牆面上佈滿了孩子們的塗鴉，色彩明亮又豐富，小朱醫師驚喜的發現其中一幅是一個孩子的大頭畫像，有著金黃色的髮色與燦爛的笑容，畫像旁寫著：「你會被愛！You will be loved！」

是美麗與希望的註解與啟示啊！小朱醫師把那張畫拍了下來，心裡想著，等阿妞長大了，要親口告訴她，新宿某一個地下道的美麗相遇，是來自與她的奇妙因緣。

## 遺傳的標籤是最初的連結

阿妞出生才十四天大就藉由新生兒篩檢、酵素濃度檢驗、一波三折的全家基因檢查確診為高雪氏症，對父母與全家人而言，真的是晴天霹靂的壞消息。

一開始的遺傳諮詢門診裡充滿了悲傷與困難。對家屬而言，艱澀的醫學名詞，難念的疾病名稱，無法治癒的震撼，期望出了差錯的失落，更多的是媽媽的自責與從不停歇的眼淚。爾後，家人們與親戚們會陸續出現，試圖協助找尋可能的原因，大家會問出許多醫學裡不會出現的問題，在在展現出一種家人們相互支持的力量。遺憾的是小朱醫師只能回應未知、無奈與很多次的無解。

尤其是遺傳性這個魔咒，醫學上看見的是，下一胎與下一代會有同樣疾病的家人再出現，是遺傳風險與機率的問題，要想盡辦法把再發率下降到最低。但是，對家屬而言，這是一個讓人受不了的標籤，罹病的家庭會接到來自鄰居與社會大眾負向的眼光，被歧視下的反應就是不必要的自責與自卑，為什麼是我？老天為什麼要懲罰我們？是碰到不乾淨的兄弟鬼怪、還是冒犯到神明？小朱醫師與阿妞家人們最初的連結是如此的煎熬啊！

在小朱醫師和遺傳諮詢師的陪伴下，多次第二意見國內外線上諮詢，骨髓移植的專業意見考量，兒童神經學界泰斗的拜訪，大家共同面對了人生許多的第一次。從之前到以後，從下弦月到上弦月的轉變，時間送來了釋懷，支持帶來了接受。最重要的是阿妞小小的呼吸聲、小小的哭聲、偶爾睡夢中展現的微笑，讓所有人的擔心從她身軀的扭動與四肢的伸展中找到了繼續下去的力量。

即使有遺憾，縱然有嘆息，所有的衝擊、自我檢視、懊惱、憤怒與悲痛都變成了過去，一切也都轉化為堅強的面對。這個來自鳳林兩週大的寶寶，她所施展的無聲的魔法召喚了所有的當事人，讓醫師與病人之間、家屬與團隊之間凝聚了共識，邁出了一致的步伐，往前繼續出發。

## 跨專業的醫療團隊是堅強的後盾

阿妞最後在四十天大開始了兩週一次的酵素替代療法(Enzyme replacement therapy)。輸注藥物的時間大約需要四個小時，過程在專業的醫療團隊照顧下雖然都很順利，沒有任何併發症產生。但是，定期疾病病程的追蹤也出現許多未知與不確定性，尤其是醣脂類還沒有堆積足夠，臨床表現一點也不明顯，文獻報告的案例很少，尤其又是這麼小的孩子，無前例可循的小朱醫師可真是傷透了腦筋啊！

一歲大開始，阿妞出現過多次的感冒症狀，常常咳到臉紅脖子粗，夜間也會喘，胸部X光是兩大片全白的肺，嚴重到住院了好幾次。肺部電腦斷層的病變更是嚇壞了大家，是高雪氏症的病情在惡化……難道她是預後最差的第二型？還是合併其他微生物的感染？阿妞因而又被加上了基質減量療法(substrate reduction therapy)，是老藥新用的嘗試。每天在家三到四次的胸腔噴霧治療佔據了她生活的一大部分，非常的辛苦。

對小朱醫師而言，阿妞病情的惡化會帶來情緒的起伏不定，小小罕病生命花園的造景工程還在繼續著，這個不確定性的樣貌是無法預測的，小朱醫師還需要好好學習如何承接生命的變化球和得放下的智慧。雖然，她只祈禱每兩週只要阿妞平安的出現在醫院，接受固定酵素替代療法就好。若可以，當然也希望阿妞再長壯一點，再多吃一點，不要再有肺炎，不要再插管使用呼吸器，神經學的檢查不要再惡化，最好也不要讓醫師長出更多的白頭髮了啊！

而～

遺傳諮詢師說：「鼓勵爸爸媽媽考慮為阿妞添一個弟弟或妹妹，我們一起把風險降到最低！」

阿妞開心的說：「好！」

物理治療師說：「我們一起玩積木和滾大球唷！」

阿妞大聲的說：「好！」

職能治療師說：「阿妞長大了，我們要來學習自己用湯匙吃飯了！」

阿妞也說：「好！」

營養師說：「這是彩色食物食譜，希望阿妞多吃一些，再長一公斤體重唷！」

阿妞嘟著嘴巴、皺著眉頭說：「好！」

護理師說：「這是一顆小球球送給阿妞玩（其實是鍛鍊手腕血管用的）。」

聰明的阿妞眼淚汪汪、不甘不願的說：「好！」

為阿妞打造的個別化醫療服務，有整個醫療團隊的全力付出與滿滿的期許，更多的是那一份已經相互嵌入對方生命的牽掛。

## 阿妞送給小朱醫師的禮物

基因轉殖過的倉鼠細胞，在實驗室的培養皿裡不停的分裂成長，製造阿妞所缺乏的蛋白質。從美國空運到臺北，再從臺北每兩週坐飛機或火車來的酵素，極其昂貴的連結著醫病之間的關係，真的是非常珍貴又獨特。

每週四下午的兒科一五三診的門至少被她敲過三十次，進入診間後小朱阿姨至少被叫超過兩百次，她會說：「等妳的時候，我就看阿嬤手機裡的照片回憶。」她最會分享阿嬤手機裡自己盪鞦韆、騎四輪腳踏車、唱生日快樂歌的影片，讓門診與病房充滿歡樂。護士阿姨們都很羨慕小朱醫師曾收到過阿妞的一張畫，打開一看有好多粗細不一的色彩線條，滿滿的春天的顏色啊！心中竟然再次出現遠在日本新宿地下道的那張明亮的畫。

開理髮廳的阿嬤，在阿妞滿兩歲時幫她燙了一個細細捲捲的爆炸頭，被大家笑說「好可愛」了很久，純樸的愛表達得就是如此的直接，醫療之外，頭髮變成門診的共同話題。這個影像讓小朱醫師只要在馬路上看到理髮店，就會想起阿妞的俏模樣，生命與生命之間的交互影響，製造出不覺莞爾的嘴角上揚啊！

有一天，阿嬤透過遺傳諮詢師傳來一張阿妞的照片，她的頭上綁著抗議布條，坐在自己的娃娃車裡，舉手喊著抗議、抗議！阿妞果真是很顧家的巨蟹座，她當然也是大家的小老師，她用行動表達不願意讓大型養雞場汙染居家環境，鼓勵著小朱醫師也要關心時事，起身參與社會事項的運作。在親手接到阿妞從鳳林夜市買的那臺安寶救護車後，阿妞也讓小朱醫師從此愛上了粉紅色。

最感恩的是小朱醫師陸續收到過十四顆阿妞跟母雞搶來的雞蛋。阿嬤會煮好，讓阿妞在病房打完藥後送來門診，這可是全天下最美味的水煮蛋啊！下診後吃在嘴裡，甜在心裡，還會在腦海裡想像著：阿妞去搶雞蛋時，那小小的身軀，被一群母雞圍繞著、咯咯啼叫著、瞪著時的畫面，好有趣啊！小朱醫師的眼睛都變成彎彎的兩個月亮了！

## 超級獨特的阿妞

現在的阿妞三歲又六個月大了，每兩個禮拜都可以看到她在二七西病房長廊拖著點滴架行走，瘦瘦的一個小人兒，頑皮的一邊走還一邊碎碎念，她會一面記得拾起地上的玩具，一面跑向其他醫護人員。

小小阿妞的世界有兩個：在鳳林和在花蓮市。前者是有家人的世界，後者是有醫療團隊的世界。有農家生活的樂趣，也有醫院裡打針的痛苦；有孩子的天真浪漫與單純，更多時候是治療的不順利；沒有兄弟姊妹的陪伴，卻要提早適應複雜的醫療過程；有阿嬤的懷抱可以依靠，卻也有積木陪她度過在醫院的好時光。時大、時小的兩個世界，不是一般孩子會面對的，卻是阿妞的日常，它們都會形塑著阿妞心智的成長。

阿妞從來都沒有發生過肝脾腫大，血小板低下，貧血與出血的症狀。她的發育發展與智力都正常，好奇心很強，愛閱讀，語言能力超越同齡的孩子。因為疾病的因素，她的基礎代謝率特別快，嘴巴吃進去的熱量總是不夠她消耗，她因而顯得很嬌小，四肢細瘦，皮下脂肪與肌肉很薄，讓人疼惜。慢慢進展的疾病也讓她的胸骨輕微變形，走路姿勢僵硬也不太穩，身旁的醫護同仁也要一直提醒她，把那不自主就向後伸張的頸部轉回來。

阿妞兩歲多的時候，小朱醫師曾經有機會抱她在懷裡聊天，那個空洞的感覺到現在都無法忘記。很輕很輕的她，像懷抱著一片人型羽毛，又或是一小團棉花的感覺，沒有幼嫩肌膚的彈性、柔軟與溫潤，好擔心她會隨風飄起來。她的大腿骨和股骨又細又長，僵硬地坐在小朱醫師肉肉的腿上，好像一不小心，這位玻璃公主的骨頭就會被折碎。骨瘦如柴的成語馬上浮現在腦海裡，千萬沒想到，成語的意涵與實務經驗的連結，是因著這樣的機緣而來，真是醫病之間最獨特的經驗連結了。

從疾病的分型來看，阿妞應該是第三型的小病人，只是發病年齡實在太早，病情不那麼緩和，比典型的三型嚴重許多。因生物科技的進步讓我們從阿妞身上看見被延長的生命，看見疾病的多樣性，見證了醫學從來就不是百分百的確定，總有許許多多的例外(outlier)，他們處於鐘形分布圖的極端，以不一樣的生命故事、不一樣的疾病敘事來述說他們的存在。改寫高雪氏症疾病的歷史的她，證實了第二型與第三型中間還有另一型的高雪氏症存在這個世界上。

小朱醫師不知道這個極端獨特所代表的意義，也不想去探索。阿妞的疾病在目前就是不會被治癒，而未來的病情如何發展，是醫界無法預估與掌握的。面對著這個極端不確定的未來，雖然感到無助與遺憾，但是，她是大家的英雄，是團隊的一份子，她的治療經驗讓花東整個醫療團隊進步，讓偏鄉醫療朝向尖端醫療邁進。

## 許你一個有愛的陪伴

遺傳疾病這個印記已被家屬們徹底的卸下，爸爸媽媽已經回復往常的生活與工作，除了阿嬤固定帶阿妞來醫院施打酵素的行程外，她不再需要胸腔噴霧治療。最重要的是，阿妞已經準備好要入學至幼兒園了。

很多時候，小朱醫師不想去看見細胞內複雜的致病機轉，不想去討論外來的酵素替代療法是如何輔助未被破壞的細胞，不想去計算那龐大的醫療費用與疾病治癒率、緩解率等等。卻也從來不敢去想像，萬一有一天這位獨特的唯一離開大家，那會是一種什麼樣滋味的回憶、悲傷、失落與孤寂啊！

雖然面對的是生了病的孩子，醫療照顧的現場裡總是會有疼痛與悲傷，這些都不是大家面對疾病的第一次經驗。但是，被風吹起的巨浪落入大海後，人們雖然看見了海平面的浪靜與和諧，卻仍舊知道有暗流與波濤洶湧的存在。整個醫療團隊能做到的是把握因緣、把握當下，盡心盡力，大家共同許給孩子的是一個有愛的陪伴，牽出的是溫馨的醫病長情，踏實地看見眼前的每一刻。

所以，小朱醫師會繼續……

- 送故事書給她讀，讓她被疾病框住的身軀多了想像的美好。
- 像家人般的共同創造許多生活事件的連結，一起把日子過得很如常。
- 請她勇敢的做自己，努力地展現出自己的獨特性。
- 聆聽她述說那些平凡的事蹟與小創舉，也回送她一個小抱抱。並虔誠的祝福她能活在當下，也要非常開心的享受在當下。

而，醫療團隊會……

- 全方位地用愛包圍她，送出所有的祝福！

鳳林來的阿妞，我們想要跟你說：「孩子，全世界的人都會愛你！我們也是！」

You will always be loved, and you are loved from all over the world!

# 阿嬤的祕密

◎本文獲第二屆「最美的醫療人文」徵文比賽 第三名

陳明群．花蓮慈濟醫院小兒部

## 三十年前在臺北

恩師臺大曹永魁教授，確診了一位六個月大得腎性尿崩症[註]的男嬰，當時孩子的家人很欣慰，總算在他反覆發燒住院後找到病因，然而曹教授卻是私下把孩子的母親叫到一旁謹慎地說：「這是個來自母系的遺傳疾病，無特效藥能治療且在嬰幼兒期不好照顧，未來您若是懷了男孩，有一半的機率會得一樣的病。」男嬰的母親知曉後，盡心盡力地照顧這個得病的男孩，讓他順利長大成人。這樣的疾病在那個民風純樸卻是偏父權主義社會的年代，男孩的母親心裡難免自責，卻也沒有跟其他人提及此事，獨自保守這個祕密多年，連她的大女兒也不知情。

## 三十年後在花蓮

一位男嬰的媽媽踏入我的診間，主訴是她這個小孩曾小弟（化名）雖然已經七個多月，但生長發育明顯比他七歲的姊姊，在同年紀時落後。雖偶會翻身但坐不太穩，而且每次喝奶150-180c.c.之後至少會吐一半出來。我仔細在診間比對男嬰的身高體重頭圍，的確弟弟的生長落在標準曲線之外，且神經發展落後同年齡孩子一大截。擔心是神經或腸胃方面的疾病，於是開立了相關的抽血檢查，約弟弟回兒科門診密切追蹤。沒想到抽血的結果出乎意料之外，弟弟血中鈉離子濃度過高，其他抽血檢驗包含荷爾蒙及肌肉酵素卻是正常。

數星期後在母親節前夕的星期五早上，曾小弟又在外婆和媽媽的陪伴下回我門診追蹤。我細問這個孩子從四、五個月大開始，喜水甚於喜奶，在家體溫常常偏高但不至於到發燒，喜歡家人用冰濕的毛巾敷在他身上。受完兒童腎臟專科訓練後的直覺反應，我擔心曾小弟恐怕是尿崩症，當天門診安排驗血驗尿的檢查，結果出爐果然直覺是真的。當場我立刻建議弟弟住院接受詳細的檢查，來確認是中樞型或是腎性尿崩症，以利後續的治療。

母親節前夕，男孩的媽媽收到這樣的訊息若有所思，臉上的表情失落但力求平穩，突然補充一句話，她的弟弟，也就是孩子的舅舅，雖因意外已去世，但出生六個月大就被臺大醫院診斷尿崩症。媽媽又誠懇地表達，因接下來的星期六日家裡原已規劃母親節相關的慶祝活動，希望節後的週一再住院做詳檢。看著血鈉高達162 mEq/L（正常值：135-145 mEq/L）卻毫無神經學症狀的曾小弟，理解媽媽的安排，冒著潛在的風險，仔細考量之後我答應媽媽隔週一必定會回來的請求。

也因多爭取到一個週末的緩衝時間，為了這個八個月大的孩子要做尿崩症相關的限水測試，曾小弟必須滴水不沾捱過好幾個小時，整個花慈兒科團隊動了起來。擔心檢查的過程會造成生命徵象的不穩定，我提早幫弟弟預約了加護病房的病床來做測試，也和小兒內分泌科的專家朱紹盈醫師，及即將成為內分泌專科訓練醫師的學弟周威志醫師共同討論，特製專屬曾小弟的檢驗流程功課表。同時也因高度懷疑遺傳性尿崩症的風險，星期五當日下午就先請本院翁純瑩及簡純青遺傳諮詢師，協助聯絡全臺可以做尿崩症基因的檢測單位，希望能在弟弟住院後盡早得到正確的診斷。

隔週一清早，家屬如約早早辦理住院，入院相關血液檢驗仍看到曾小弟居高不下的血鈉數值。因門診就診時家屬曾不經意地提及，曾小弟晚上九點入睡後已可以睡過夜，雖然小夜班人力較白班吃緊，然而為了讓弟弟受檢的過程能盡量處於睡眠期間，使身體的不適降到最低，我們將限水測試從當日白班順延到小夜班執行。在值班醫師及花蓮慈院小兒加護病房護理師的協助下，即使仍有些許煩躁哭鬧，曾小弟在住院第一天晚上，就完成所有尿崩症相關的實驗室檢查，確診這個孩子和他舅舅一樣，是屬於目前無特效藥，僅能症狀控制的腎性尿崩症。

住院第二天外婆獨自一個人先來探視外孫，在我告知診斷後，她忍不住哽咽地跟我訴說：「我女兒在生完第一胎女孩七年後，才努力再度懷了這男寶寶。當所有家人滿心期待添丁之際，我卻開始不安。本想如果沒能生男孩，我們家就一定沒有其他人會再得病，這樣的擔心一直持續到寶寶出生之後，洗澡時看他拚命想喝洗澡水的模樣，就像是三十年前我自己的兒子一樣，我真的好害怕我的外孫又是尿崩症，沒想到今天這些年的恐懼成真了，守了大半輩子的祕密、加在身上的詛咒還是出現了！」

邊安慰著自責的外婆請她寬心，花蓮慈院兒科團隊一定會盡力幫助曾小弟度過難關，身為主治醫師的我，一邊為接下來的挑戰仔細思索診療方針。對於腎性尿崩症幾十年來恩師和我的年代，在治療策略上並無明顯的進步，依舊沒有特效藥只能症狀控制和補充大量水分，謹慎地將血中鈉離子矯正回安全值。當他獨自一人躺床、身邊無親人陪伴在加護病房的治療期間，病房裡的兒科醫師和護理師們必須耐著性子、小心安撫，陪伴分離焦慮且身體脫水不適的曾小弟，守護著打在弟弟身上，每隔四小時需要抽血一次的動脈導管，記錄著每小時從尿管裡排出的尿量，兒科的大夥日夜不歇卻毫無怨言，有的只是滿滿的疼惜與不捨。

對於腎臟科醫師而言，慢性高血鈉的矯正宜慢不宜快，以避免造成腦水腫的併發症；然而對於這個家的每一個人而言，診斷的腳步宜快不宜慢，因為住院之後媽媽才告訴我們，肚子內還正懷這一個剛確認性別的男寶寶，全家還在思考下一步該如何是好。

遺傳疾病解釋時若講錯話，是會拆散一對佳偶、毀了一個家！幸運的是，曾小弟的媽媽有位支持她的先生、疼愛孩子的爸爸，願意全家人站在一起，照顧這發生率只有百萬分之八點八的罕見疾病。當徵得媽媽及外婆的理解，我把曾小弟的診斷結果告訴爸爸之後，爸爸只真誠的告訴我：「醫師，不管我太太肚子內的孩子檢查結果為何，我都希望能生下來，如果真的又有尿崩症也沒關係，那還是麻煩你、麻煩花蓮慈濟能繼續照顧他。」能夠獲得爸爸的支持，對於我自己及花蓮慈院兒科團隊，是一個信任，也是一個責任。雖然母系基因裡存著疾病，但爸爸的慈愛卻能弭平這傷痛，給了整個家繼續走下去的動力。

可愛的曾小弟，住在加護病房奮鬥一個星期調整水分後，血鈉值總算回到正常的範圍，而能轉到普通病房由媽媽繼續陪伴照顧。在普通病房恢復期間，我也代表花蓮慈院兒科舉行跨團隊「醫病共享決策」(Shared Decision Making, SDM)討論會，邀請爸爸媽媽及許多關心弟弟的團隊夥伴一起參與，其中也不乏年輕的實習醫師及護理系實習生，為這罕病的後續照顧持續鋪路。在營養師的指導下，媽媽知道如何準備副食品來增加孩子的營養；在兒科臨床藥師的評估協助下，我們和家屬共同決定了第二線副作用較高的藥物，希望能更加降低曾小弟的每日小便量，以達到不需點滴補充，可以自己經口攝取水分而維持血鈉和體重的穩定；在復健師的協助下，家人知道接下來該如何讓弟弟開始學爬練走，逐步長回應有的能力。討論會上這般全人、全家、全程、全隊的分享，為出院準備目標邁進一大步。醫病共享決策對我而言，除了讓不同的專業，齊心協助擬定弟弟的照顧計畫外，更重要的是藉由討論使這個疾病，讓更多人因認識而理解，因理解而無懼，腎性尿崩症不再是外婆與媽媽心中只能獨自承受，一代傳著一代的祕密。

很喜歡靜思語的一句話：「只要緣深，不怕緣來遲；只要找到路，就不怕路遙遠。」今日在花蓮診斷八個月大的男孩得到腎性尿崩症，比起在三十年前在臺北診斷六個月大的男嬰得到同樣疾病，應該更容易。然而曾小弟比起他舅舅診斷年紀延後兩個月，也提醒著自己還要更精進，才能跟得上恩師在小兒腎臟科的經驗值和能力。一樣的故事，不同的時間和場景，發生在同樣一家人身上，或許是命運的安排，讓我有機會參與這家人的歷史，和三十年前的恩師一樣，試圖在弟弟最需要協助的時候，盡自己小小的心力陪伴孩子和整個家庭度過困難。同時我也在心裡期許自己，繼續向恩師看齊，讓花蓮在小兒腎臟科疾病的診治，與臺北的距離不再那麼遙不可及。也因為照顧弟弟的因緣，在做基因分析時我們發現他是臺灣第一位帶有此突變的個案，為了了解這樣的基因突變對病患所帶來的影響，因此我和目前任職於花蓮慈院檢驗科的張淳淳主任及慈濟大學生科系的許豪仁副教授合作，從基礎醫學的研究切入，試圖找出可能的治療策略，期待未來能有機會治癒這個遺傳疾病，目前已有初步成果發表於二〇二一年的國際期刊。二十年前我們三人相識於慈濟大學，為了陪伴原住民小朋友而努力設計營隊的活動企劃案；二十年後我們再次相聚於慈濟大學，為了解開腎性尿崩症帶給病人的痛，繼續埋首於慈濟大學與醫院校院計畫案的構想提案。能和大學時期慈青的老戰友，在大學畢業後再度攜手合作，一切也都是好因緣。

非常感謝花蓮慈院兒科每一位照顧過這個弟弟的夥伴，也謝謝院內外跨團隊的專家給我的幫忙。在大家的護持下，曾小弟的狀況穩定，回到溫暖的家後也陸續在我的門診追蹤了兩年。在今年母親節前夕，媽媽帶著已兩歲半的曾小弟回診時，體重總算突破十一公斤大關，也努力學習當小哥哥照顧剛滿一歲的小弟弟。雖然在藥物的控制下每天他的尿量仍是破千，但比起初認識時只能躺在媽媽懷裡，脖子無法直挺、無法恣意翻身的曾小弟，生長發育已經逐步回歸正軌，即便目前乖乖吃藥也只能治標，但弟弟和家人的生活品質都明顯改善，現在的曾小弟可是個古靈精怪的小淘氣了呢！

臨走前，媽媽突然有點不好意思地跟我說：「醫師，我又懷孕了，這次又是個男寶。」我也衷心地祝福她：「恭喜囉！該做的基因檢查還是要記得，其他的我們就一起祝福肚子裡的小寶貝，一切都是好因緣！」

因愛而生，因生而愛，愛在傳承，有愛無礙；
罕病難顧，四方齊護，用愛解密，如釋重負！

---

【註】：腎性尿崩症為腎臟集尿管對抗利尿激素沒有反應，造成尿液無法進行再濃縮，而導致此症患者發生多尿及劇渴等表徵。腎性尿崩症的發生率相當低，近來研究發現在加拿大魁北克地區，男性的發生率約為百萬分之八點八位。而荷蘭人口約一千六百萬，已知

有四十個家族成員發生此症。而臺灣目前無本土流病資料可供參考，但健保列為罕見疾病。此症百分之九十患者為性染色體隱性遺傳所致，母親X染色體上若有抗利尿激素接受器AVPR2缺陷之基因帶因者，其下一代若懷男胎有二分之一的機率罹病，二分之一的機率正常；若懷女胎有二分之一的機率為無症狀的帶因者，二分之一的機率正常。

# 我還能繼續幫病人復健嗎?

林淨心・花蓮慈濟醫院復健技術科

從沒想過自己會成為重大傷病患者，在幫別人復健時遇到許多癌症患者，幫他們術後復健時也不曾體會過那辛苦的生活，對他們來說卻是日常。

「阿貴叔叔，嘴巴再張開一點撐一下，每天要按摩口腔周邊才不會沾黏在一起，不然沒法吃東西。」持續復健三年了，經歷口腔癌術後的電療與化療，每天報到的阿貴叔叔都固定來復健，雖然只能用鼻胃管進食，他不曾放棄從嘴巴吃東西的機會。每次都會帶著他的私房料理過來跟我分享，我問他：「你煮得這麼好吃，自己吃不到，只能看別人吃，為何還這麼喜歡研究煮好料呢？」他說：「看別人吃開心他也很開心，能吃就盡量吃。」很感恩能幫助到病人，他們給予的回饋也是我的動力來源。

無常的到來不會因為年紀輕輕而有所區別，在年底二十七歲的我們剛結完婚，開始展開新婚生活時，不曾想到疾病的到來會如何改變我們的未來。先生很開心又激動的說：「天啊！真的懷孕了！我要當爸爸了！」剛新婚兩週的我們開心的安排了花蓮慈濟醫院魏醫師的門診，熟練的魏醫師立即掃到胎兒的位置還聽著強而有力的心跳聲，讓我很感動已經當媽媽了，消息讓我們充滿快樂與期待，但事情沒有預期的順利。過了一個月，呼吸愈來愈吃力與急促，物理治療師的工作需要很大的體力幫病人復健的，但內心想著懷孕期間變喘似乎也是合理的。

直到一個月後的早上咳得厲害，在馬桶嘔了三口鮮血，令我十分驚慌，呼吸更急促了，緊急請假去掛胸腔內科。由於孕期很多檢查跟藥物都是很受限的，因此醫生也只能觀察並保守使用支氣管擴張劑。兩週後症狀看似有緩和了，但突然一大早咳出了一塊具有彈性的雪白異物，病理檢查發現可能是惡性腫瘤。急忙聯繫先生，他說服我直接到支氣管鏡室等胸腔內科的張醫師做檢查。剛好先生也正在胸腔內科住院醫師訓練中，他靜靜的看著這顆阻塞主氣管百分之七十的腫瘤，清楚自己的老婆將要面對什麼困境。

張醫師只淡淡地說：「先安排住院吧！」

「醫生，我已經好久沒法好好呼吸了，一直咳血，我是不是怎麼了？」醫生說目前狀況需要儘快手術，我們會想辦法保住肚子裡的孩子！住院期間從照顧病人的角色轉變成為需要被照顧的人，面對無常只能勇敢的帶著希望和先生一起走下去，我試著聯絡身邊共同好友，希望幫助先生走過妻子生病的煎熬，他明白孩子在術前產檢時也可能是見最後一面。而我一直被先生隱瞞著氣管惡性腫瘤，還很開心的看著孩子平安在螢幕上充滿感恩的反差。原來先生他承受了很大的心理壓力，就為了讓我好好安心。手術前一天，我跟先生說你要繼續認真的上班，因為還有很多病人需要你照顧，而當你在等待我手術時，也善盡最大的功德幫助你手上的病人與家屬，讓他們受到最好的照顧。

當天手術進行了八個多小時，先生從醫師成為家屬，深刻感受到醫師也要照顧到家屬的心情，而成為病人的我只是麻醉時睡了一個美夢，看著手術臺的燈光我醒了，立刻摸著肚子，對孩子還平安在肚子裡非常感恩，對著參與大手術的外科以及麻醉科醫生與護理師，我不斷的用我所有的力氣抬起大拇指比著感謝。

為了減輕對寶寶的傷害，我請醫生幫我把傷口劃大一點來爭取減少葉克膜使用的時間，術後我明白麻醉對孩子會有影響，只能鼓起勇氣忍受胸管帶來的疼痛與翻身咳痰的辛苦。在加護病房受到護理師的細心照顧，剛好曾經是找我復健的資深鐸姊，她的貼心與用心都讓我銘記在心，陪我度過術後煎熬的夜晚。照X光前鐸姊叮嚀放射師在我肚子上方加一片鉛板，小小舉動照顧到一個媽媽的心情。

經歷過胸腔鏡手術，我才明白術後疼痛所帶來的身心影響與不便，以往的我會為了病人恢復著想而希望幫他們做更多療程，但是卻忽略最為深刻的疾病本身所感受到的身心變化，在經歷無常與疼痛時會很希望同時受到關愛。

為了盡快恢復、必須努力克服復健的疼痛，對於物理治療師來說，右手的活動十分重要，但是傷口在右側腋下，會影響到右手上舉與施力。非常擔心因此無法再幫病人復健，因此術後立即來到復健科跟病人一起復健，彼此互相加油打氣。在這短短一個月的時間，我的體力恢復到原本的六成活動與功能，十分感恩復健部主任梁醫師的關心與照顧。

復健恢復的一部分是由內心去啟發自身動力的，在親身經歷過後，在醫療上我變得比以往更加照顧到病人的感受，從中激發出更多病人自主復健的意願。疾病為我帶來成長，感恩能有機會將自己所學與專長為病人付出，一個月後便可以回到職場裡繼續種植福田。

「阿貴叔叔我回來囉！趕快過來復健！」叔叔很擔心地瞭解我的狀況，「怎麼這麼久都沒來上班，你學我也去拿重大傷病啊！」叔叔幽默地讓我們開懷大笑起來，體力漸漸恢復到可以回到正常工作量，能有現在的幸福，一切都因為背後有許多貴人幫助，還能工作真的從心裡感到幸福與感恩。病情狀況還未定，一切等到孩子出生後再進一步檢查看是不是需要化療。在這期間雖然我還是病人，但上人說：「人生沒有所有權，只有使用權。」我們必須把握還在人間的時光，善盡良能發揮使用權。

## 第二部

# 防疫前線 心守護

# 防護衣下的溫度

◎本文獲第二屆「最美的醫療人文」徵文比賽 優等

楊家嘉・大林慈濟醫院護理部11B病房

平靜悠閒的某一天，突如其來的震撼彈襲捲而來，當COVID-19疫情爆發的時刻，人心惶惶，這是大家想都沒有想過的事情，近幾個月每天看著新聞報導COVID-19病毒的強大威力，從中國武漢開始漸漸的擴展，不分國籍、不分種族、不分距離、不分你我的肆虐著全世界，當全球罹患人數及死亡人數在不斷增加之時，醫院的醫護人員們也在各自奔波著，面對的不只是政策的改變以及人員的調動……等，醫護人員的壓力也已面臨幾乎崩潰的臨界點，不僅穿著一層又一層悶熱的隔離衣及戴著很難大口呼吸的N95口罩，且在體力與精力耗盡的狀態下，早已累趴睡倒在桌上，甚至地上，為了不讓臺灣醫療有崩潰的可能，臺灣也很努力的堅守著，一切的超前部署，只為了不讓臺灣疫情大爆發，我們相信每位醫護人員們都希望盡到自己最大的力量去阻止疫情的蔓延，所以當得知醫院要增設隔離專責病房，並招募醫護團隊時，就想為疫情貢獻自己的一份力量，另一方面也想挑戰自我，猶如靜思語所言：「做好事不能少我一個，做壞事不能多我一個。」故下定決心自願去專責病房。

在專責病房正式營運的前一週，彷彿來到沒有生機的空城，連醫護團隊也只看到零星的幾位，其他的夥伴還在各自的病房奮鬥著，所以當時難免會在心裡想著人力單薄的我們真的可以嗎？但想到師公上人曾說過一句話：「信心、毅力、勇氣三者具備，則天下沒有做不成的事；不要小看自己，因為人有無限的可能。」所以毅然決然努力將這陌生且什麼都沒有的病房，藉由彼此的雙手慢慢建立起來，不論是整理醫材、耗材、文具、架子、水桶及垃圾桶，都需要思考它們的擺設位置及定位，明確的標示能告知我們使用步驟，看似小小的動作，想不到可以幫助我們更順利進行照護工作，也能讓第一次進來此病房的醫護人員可以一目了然，並知道如何操作、物品擺放位置及工作流程，且所有醫療儀器、電視遙控器、監視器及風扇開關，皆需要用保鮮膜完整包覆，以利清潔及減少病毒在縫隙中殘留，此外還需測試所有醫療儀器、平板電腦及監視器等功能，以確保上戰場時這些儀器能夠順利運作，而大家集思廣益假設各種情境，設計出各項技術用物包，還客製化病人入住時的基本生活用物包，甚至一整天拿著長尺，不是彎著腰就是臉都快貼到地面上，精準的黏貼全病房所有人員的動線。過程中雖然腰和腳很痠痛，腳底甚至磨出水泡且破皮，雙手也常常沾滿灰塵及漂白水，但經過這為期一週的努力後，聽到夥伴們說：「這裡愈來愈像一個完整的病房。」頓時覺得所有的辛苦都很值得，而這份成就感在心中油然而生，希望能在這場戰疫中盡一份力量。

讓我最印象深刻的是第一位確診個案，從一開始接到通知表示有確診病人即將要入住時，意識到這次要真槍實彈上戰場了！緊張的情緒佔滿心中，因為是第一次接觸這樣的病人，面對還未全盤了解的新冠肺炎病毒、面對還未控制下來的疫情，無人可以說不怕、不擔心，且對於流程上還沒有很熟練，所以顯得有點手忙腳亂，但過程中有很多醫護夥伴的協助，才得以順利完成病人入院的任務。殊不知最困難的挑戰是在進入病房後，明明是再熟悉不過的病房環境，但因伴隨緊張的心，忽然間腦中一片空白，忘記接下來的動作，這時眼中出現當初設置病房時所黏貼的海報、標示、定位還有使用步驟，一切目視化彷彿複習般的喚起記憶，使得心不再慌亂。

每當進去病室一趟，著裝的時間很長且需顧慮耗材的使用量，故我們皆採集中式照護為原則，因此與病人面對面接觸的時間也減少，所以很多時候都是使用通訊軟體和護士鈴與病人溝通並給予關心，用心試著站在病人的角度去感受病人所感受的，且戴上緊密的N95口罩、穿著像太空人般悶熱的防護裝備以及手套層層包覆著，常常悶到頭昏腦脹，有時需用幾乎失去手感的手拚命找血管，時間愈久反而呼吸愈來愈困難，眼前的防護面罩也漸漸起霧，身上的汗水在防護裝備裡一點一滴的滑落，病人有些不好意思的說：「抱歉，讓你們這麼辛苦，但真的很謝謝你們。」當一針見血時，是喜悅更是鬆一口氣，而每當做完治療及照護回來卸除防護裝備時，才發現自己身上的衣服及頭髮早已濕透，雙手及臉部的壓痕也深深刻下紅色印記，但沒有一個人抱怨，只專注把病人照護到最好。

在隔離專責病房照護病人模式跟以往在一般病房有著很大的不同，除了需要送餐點、清潔工作車及收病房中的垃圾外，還要把握好「只進不出」的原則，在這期間也發生了超乎我們醫療專業的小插曲，例如：病房廁所裡燈泡不會亮、生理監視器故障，我們也需充當工務人員或醫工組，進行修繕工作。主治醫師也常常跟我們分享目前COVID-19的疫情變化，相關研究疾病治療的方向，及最新文獻的投藥結果、副作用以及病人心靈層面的變化……等，讓我們吸取了許多有關COVID-19的新知及趨勢，這一切也因此成為很好的經驗，可以傳承經驗給尚未接觸或未來的醫護人員。雖然知道我們的工作風險很高，但如果沒有人願意照顧，這些病人怎麼辦？上人說：「對的事，做就對了，這叫做智慧。」我們的生命在做對的事，就是生命的光輝，做病人的貴人，我想這就是每個護理人員一直存在心中的護理魂，一直放在心中的使命吧！也因為如此才能成為病人眼中的天使。

對病人而言，自入院開始，從原本自由自在的生活一夕之間有了極大的轉變，活動範圍縮減到一間病房，之前可以隨意選擇喜愛的餐點，而現在只能吃醫院提供的隔離餐，且大家跟病人總是保持在最佳的距離，病人心裡或許會覺得自己像是移動式生化武器，相信那種感覺一定很不好受，除了有著滿滿的孤立感及不確定感，還有著對環境、飲食、人的各種不適應。我們想了許多方法，希望在常規的治療外，更可以透過各種方式關心著病人的身心靈，想到由一般病房改建成微負壓病房，兩個抽風扇一整天轟隆轟隆運作著，也沒有窗簾，在這樣的環境下睡得好嗎？症狀有改善嗎？會不會很想家？心裡擔心著什麼呢？於是我們討論後決定買耳塞及手工製作眼罩，也告訴病人我們會依照國家及文獻提供的檢查及治療方式，並提早發現有無嚴重的副作用，還不忘給予心靈上的支持，跟他說：「你別怕，我們二十四小時都陪伴在你身邊，有任何不適還是有什麼需求都可以跟我們說，一起加油！」大家也認真思考並執行可以讓病人身心靈更為舒適的事情，例如：送隔離便當時，發現便當溫溫的，於是用微波爐再次加熱給病人吃，意外的是病人的反應是無比開心，表示終於可以吃到熱騰騰的便當跟湯，有時我們也會在便當盒上放好吃的餅乾、小蛋糕跟病人分享，記得有一次病人喝到珍珠奶茶，居然開心到從病床站起來歡呼，說自從返臺後一直想念著臺灣經典的珍珠奶茶，讓他又驚又喜；我們也在每天給予病人口罩外的透明夾鏈袋寫上加油打氣的話語，原來在我們看似小小的舉動，居然可以讓病人有著大大的感動，病人用通訊軟體跟我們說「謝謝你們的飲料、小點心還有鼓勵的話，我會加油的」、「謝謝你們的禮物還有每個禮物旁邊的小卡！我超感動的」，而藉由每天的關心溝通，病人跟我們更為熟悉，透過病人給予我們的回饋，讓我們知道縱使隔著一道又一道的門，穿著一層又一層的防護裝備，仍無法隔離我們對病人那顆關懷的心。

疾病管制署表示確診病人需三採陰，才符合出院資格，我覺得就像是擲筊，要連續三次聖筊才算數，病人住院後第一次採檢結果顯示為陽性，當時使用相關藥物治療，也隨時監控藥物可能導致心律不整的副作用有無發生，幾天後再次採檢挑戰，一採陰，二採也是陰，隨著病人的病情變化，我們的心跟著緊張、跟著期待，當三採報告呈現陽性時，整個醫護團隊也跟著失望，就在告知檢驗報告及做完治療關上病房門後，聽見在病房中的病人放聲大哭，可以感同身受病人此刻的心情是多麼沮喪，所以開始思考我們除了醫療上，還有沒有什麼事情是我們可以為病人做的。後來想到可以寫卡片，所以買了張大卡片，大家很認真的寫上給病人加油打氣的話語，從沒想過身為醫護人員的我們會有寫卡片給病人的一天，也在通訊軟體上寫下「一路走來，我們明白這一切對於你來說真的很不容易，但我們每天輪流值班，二十四小時都陪伴在你身邊，一起吃一樣的便當，一樣睡在像病房的環境，一同感受到你面對的一切，你的心情時時刻刻牽動著我們醫療團隊，雖然我們一開始不認識，但也因為狡猾的病毒，讓我們有機會可以照護你，把你照顧好是我們醫療團隊的重要使命，也成為彼此生命中的一段過程。」為的是讓病人知道他並不是一個人，大家都會陪著他度過這一切，和他一起打敗這狡猾的病毒，這就是我們自願來當隔離專責病房護理師的最終目標，我想這就是以病人為中心且有溫度的醫療，「因為用心，才能觀察出病人的需求以及沮喪的時刻，也是展現護理專業的時候。」

整理好心情，繼續迎接接下來的採檢，最後終於出現三次聖筊，疾病管制署判斷後表示可以出院，病人出院當天在通訊軟體上留言：「真的很謝謝你們！因為有你們仔細的照護，我就算待在病房裡面也很安心！謝謝你們偶爾的小驚喜，還常常用各式各樣的小點心餵食我，我真的覺得很幸運也很感謝你們一直陪著我完成這個過程！雖然得到這個病毒有點慘，但是很高興可以認識你們，真的很謝謝你們這幾週的照顧。」

病人更在醫院特別設置的玻璃窗貼膜上寫下心情、寫下感謝，而照護期間我們也收到病人家屬給予多次的卡片及小心意，表示「因為有你們的細心照護及滿滿的愛，能讓家人們放心且安心，感謝你們的付出，我們點滴在心頭」，沒想到病人回診時還特地遞上四張卡片，其中說「雖然我連你們完整的臉都沒看過，但我完全可以感受到防護裝備底下滿滿的關心，跟你們相處三個禮拜是我生命中很有意義的體驗跟過程。」

上人說：「任何事都是從一個決心，一粒種子開始。」隔離專責病房猶如我們大家的孩子般，這是大家一點一滴打造出來的，過程中有辛苦、有歡樂，每一位夥伴都是小戰士，一同站在第一陣線上努力著，一起解決大大小小的問題，雖然大家都來自不同單位，但一起努力的心是一樣的，這裡有來自各單位的醫師、專科護理師及護理師們，起初大家都不大熟悉，但憑藉著讓這次疫情照護改善的動力，互動上自然而然的熟悉起來，從共識到共事，彼此分享工作的經驗、疫情資訊，在這麼嚴峻的時刻，大家分工合作、相互接納傾聽對方的意見與想法，一起討論，找到一個突破口，取得一個最好的解決方法，像是接一位新病人，需要與感控個管師及救護車的配合及聯絡；病房與加護病房間的轉送，除了兩個病房的醫護團隊，還需要工務室、警衛及清潔人員的合作與協助，讓這個流程更加順暢。

執行照護上遇到問題時，醫護團隊間都能友善、有效的溝通，提升照護品質，在照護時遇到的艱辛，因為有了這些夥伴們的陪伴、團隊的支持，才能支持我們繼續走下去，希望疫情趕快平穩，病人們趕快痊癒，大家可以回到健康的生活，過去我們已經面對過許多挑戰及危機，從無到有，手把手的一起完成每項任務。而今年我們面臨更加嚴峻的疫情，我們不知道未來的日子會發生什麼，但我們持續堅守崗位，相信將雨過天晴，擁抱更美好的未來，更可以一起完成「守護生命、守護健康、守護愛」的任務。

◎本文獲第二屆「最美的醫療人文」徵文比賽 優等

# 在死亡面前每個人都是平等的

林彥旻・大林慈濟醫院護理部10B病房

新冠肺炎下的我們，每天睜眼就開始防疫日常生活，聆聽指揮中心的訊息、最新的確診數、死亡人數、感染源、匡列範圍，每個人都在共同努力著，而我身為醫護人員，也決定投入新冠肺炎專責病房裡工作，在這個全新的環境及挑戰下，我試問我自己：「你害怕嗎？」說實話我非常害怕，但我想我可以克服自己心裡的恐懼，一起對抗這個未知、變化多端的病毒，同時也為需要醫療照護的人付出微薄的力量。剛來到專責病房的我，時時刻刻都帶著不安與焦慮的心情，深怕一個疏忽、一個錯誤的判斷而加劇病人的病況走向惡化的一端。練習穿脫隔離衣、N95

口罩的密合度測試、感染控制的原則、集中護理的要訣等，初期總是還在自己摸索中，還抓不到工作的要點，在學姊的帶領下，一點一滴慢慢的進步，也深怕自己在團隊中成為阻力而非助力，內心壓力滿點，非常印象深刻的是在夢見自己穿著隔離衣、怎麼脫都脫不下來的噩夢中驚醒。

隨著確診人數的增加，每一位確診個案不再是病人，變成了一個個冷冰冰的編號、死亡案例的增加，專責病房的床位不足以供給，陸續加開床位、增加護理人力、值班醫師，來自不同單位夥伴們，大家一起齊心學習、加入抗疫的行列，團隊中的我們相互相助、彼此監督與練習、醫生們也為團隊上課傳授知識與治療經驗，讓第一線接觸病人的護理師們在臨床的症狀評估與治療上更有方向，在這裡我不再是那個害怕出錯、心生焦慮的自己，而是一個回歸初衷像是剛踏入職場重生的我，在人群中觀察、學習、磨練，也在人世中學「道」。

記得那位穿著時尚、談吐驕傲的她，從臺北被後送到醫院時，處處嫌棄、忍受不了在病房隔離無趣的日常，總是說著：「伙食太難吃、電視只有大愛臺、排風機聲音很吵、發餐太慢。」之類的抱怨，每天相處的治療期間，總是麻木地聽著她的抱怨，心裡真實的想法其實是「醫療資源已經很匱乏了，應該是好好珍惜才是，北部已經陷入一床難求的困境。」偶爾難免對她露出不耐煩的情緒和語氣，直到有天她的病況急轉直下，被通知要到加護病房插管接受進一步的治療，我著裝準備好進入病室告知她病危通知的相關訊息，替她打包行李後，回頭準備挪床時她一臉驚恐地對我說：「我可以先寫遺言嗎？」意識到她的緊張不安，我拍拍她的肩膀告訴她不要想太多，好好的接受治療，但在心裡其實也帶著一個疑問，「我還能再見到她康復嗎？」

大約過了二週聽聞她已經成功拔管，可以自主呼吸了，心裡小小的替她感到雀躍，直到她轉出加護病房再次見到她時，靜靜的望著窗外，一句話也不說，眼神裡看得好遠好遠，好像在她的眼中看見了一個無助的自己似的，對著我問：「妳有想過怎麼去面對死亡嗎？面對死亡，妳恐懼嗎？」我沉默了，僅用簡單一句「不要想太多」試圖想安撫她的不安，下班後我想了一夜，在這無常即是日常中，或許事先想好死亡的方式、好好地說再見，何嘗不是一件好事呢？

隔日，我仍繼續照護著她，靜靜的觀察她，想和她再提起昨日的話題，談談她的家人、她的日常、她的興趣、她的宗教等等，也聽她分享她在加護病房期間最難忘的感受，她說：「得到新冠肺炎並不可怕，最難受的每天被綁在床上、嘴裡插著管無法言語的恐懼，更可怕的是我怕我自己來不及說再見！來不及把愛說出來。」聽完她說的一番話，那一瞬間我也被撫慰了，握著她的手說：「謝謝妳，我懂得怎麼去面對死亡，不再害怕了，在死亡面前每一個人都是平等的，既然如此我希望可以好好的去規劃我往後的日子，有勇氣好好地和父母、親人、友人學習道別，也好好的面對死亡對於我的勇氣了。」其實我也曾像她一樣害怕面對死亡、害怕生命的流失，拚命的想捉住心臟跳動、握在手裡的溫度，曾經那麼驚慌失措地想著我逝世的至親，遇到生命末期的病人我總是想為他們挽留一些甚麼、爭取多一點活著分秒，但最後終是徒然，死亡仍舊是會硬生生地奪走一切，留下的僅是萬丈的悲傷深淵；常常在工作中與自己拔河，身為護理師，我的職責是救人，卻有無法挽回所有生命的矛盾，直到遇見了「她」讓我看見生命最真實的樣貌，學習怎麼活、也明瞭了所有的生命歷程都有其規律，會開始、也會結束；無論何時何地、是喜是悲，就像是起、承、轉、合一樣，都是一則無怨悔的生命故事。

「你能想像原來死亡離我們這麼近嗎？」一位滿臉憂愁的阿伯，同樣來自於檢疫所，一入院時在建立基本資料、收集疫調的過程中，阿伯語氣哀愁的說，家裡是開餐廳的，因為員工確診仍繼續去上班，讓自己也染疫了，他的家裡現在一團亂，爸爸、太太、兒子都有症狀，但沒有辦法接受篩檢及治療，在醫療量能不足的狀況下，仍然有許多無症狀的確診者在等待醫護人員的協助。專責病房裡的夥伴們，大家都很明白阿伯的憂心，也盡量與他聊天、關懷他，希望他能放下焦慮的心好好接受治療。入院後的第五天，胸部X光肺炎進展快速、用氧需求增加、說沒幾句話就喘到不行，病況加劇的當下，醫師電話連絡家屬告知需進一步到加護病房插管的當下，才知道原來阿伯高齡九十幾歲的父親在今早也因確診新冠肺炎逝世，知道情況的阿伯當下也愣住了，急促的呼吸和惡化的病況，讓他無法好好的向至親道別，就隨即被轉送到加護病房治療，那樣震撼的情境下，讓我驚覺原來死亡離我們這麼近，新聞中的報導案例就這樣活生生地出現在我眼前。直到阿伯病況好轉回到普通病房後，每次治療結束，他仍不忘對醫護人員說聲「謝謝」，但從他淡漠的語氣中，我可以深深地感受到他的惆悵與哀傷，一句不由自主的話，從我口中說出：「阿伯，你還好嗎？」全身著裝隔離衣、N95口罩、護目鏡的悶熱下，汗水流進我的眼睛，但我仍那麼清晰地看見他眼裡的悲傷，沉默結束了我們之間的互動，我想他需要好好靜靜，無言以對，並不代表一切已不具意義或不重要，有時候是因為太痛太傷，讓人不忍直視，有時候是因為太重、太難了，讓人不知從何說起。直到有一天，阿伯主動開口對我說：「家裡的事都已經處理好了，謝謝妳。」我也回答謝謝你，讓我知道你好一點了，阿伯對我說，這場突如其來的疫情，奪走了他的家人和他的健康，但也讓他知道無常來時誰都來不及說再見，或是選擇更瀟灑的告別，這大概是每一個人生命中都會遇到的生命經驗；即使父親已經不在了，但他留下來的精神與飯館的味道閉上眼還能感受到。

離開病室後，走在規劃好的防疫動線上，在心裡試問自己的初衷，為什麼選擇護理、為什麼進入專責病房工作？如果有一天，當我不再為另外一個人類而痛苦而感到不安時，我是不是就不適合當護理師？護理之於我的意義不僅僅是一份工作，更是一個一個心靈回溯的日記，如果我沒有看到病人，我只看見了工作時，那種沒有溫度的護理，這樣的職業我能持續多久呢？當我經歷了這一場疫情下的困境後，我看見了病人也看見守在家裡等待病人康復的家屬；脫下一層層的隔離衣與口罩、護目鏡後，也同時希望褪去這場疫情所帶來的苦。

當確診者的家人還來不及道別，往生者必須在二十四小時內入殮並火化，看著新聞一篇篇的報導，對於第一線臨床人員的我，心理的壓力免不了會受影響；當北部的醫療量能不足時，確診患者後送至中南部各區檢疫所，檢疫所指揮官評估後由救護車送到大林慈濟醫院專責病房，初來乍到的病人，有的人從容不迫、有的人滿臉哀愁、有的人緊張不安，面對這一場突如其來的風暴，疫情未來走向何方？站在確診者面前，或許他們也會覺得怎麼這麼不公平，「為什麼確診的是我？」在這一場新冠肺炎肆虐全球的共業中，在死亡面前我們每個人都是平等的。

在專責病房工作的這段時間裡，或許有時會遇到病人無理的要求、有時家屬心急地詢問病情、有的殷切寄包裹食物來醫院，為要轉達的雜事而感到心煩，此時我就靜下心來告訴自己，這些患者不再是冷冰冰的確診編號，而是「唯一」。這位病人可能是你很多病人當中的一個，但他或她可能是唯一的太太、唯一的丈夫、唯一的父母、唯一的子女，用開闊的心，體認人生的苦難，體會了無常和無償，在艱苦遺憾中洗滌心靈。

在這段日子裡，除了臨床照護上，醫護人員在生活中也必須做好自我保護，每天下班的日常就是輪流排隊洗澡、吃飯時也保持社交距離、日常用品如手機、錢包都用密封袋裝著，預防傳播途徑。而對我來說更難以忍受的是每七天進行一次新冠肺炎鼻咽篩檢，總是要出動很多人把我架住，避免我恐懼退縮的掙扎，每次篩檢完也總是戰戰兢兢地等待報告出爐，深怕自己檢驗結果為陽性造成院內感染、延誤專責病房的運作。

另外讓我更天人交戰的是「想念」，在專責病房裡的時間好像總是過得特別的慢，一天恍若是一個月般，每天都想念著我的家人、寵物、還有最平淡的日常，因為擔心回家也會讓家人有染疫的風險，每次媽媽來醫院回診時總是會想來看看我、問我想要吃些什麼、需要什麼，礙於媽媽也是洗腎患者抵抗力較低，以及我在專責病房高風險的工作環境下，我總是請她將東西轉交給警衛室，我再自行去拿取，也深怕自己與她接觸會有所影響，總是拒絕與她見面，卻忘了她身為母親想見見兒女的思念和擔憂的心，礙於個性與害羞因素，我從未表達過自己對她的情感，興許是上天給了我一個成長的機會，在這段日子裡我學會了適時的表達我的愛與思念，從傳訊息開始每天對她說一句「我愛妳、謝謝妳」，再進步到每天視訊的時候對她說「我愛妳、我想妳」；從國中畢業後就北漂到桃園讀書、接著到花蓮讀書、踏入職場，母親總是讓我自由的選擇我的去向，不強迫也不干涉，而是在我每次短暫回家的日子裡，燒上一道道我愛吃的飯菜、當一個任性的孩子、安心地當一隻米蟲，而習慣長時間在外的我卻很少停下腳步來仔細的認識她，也從未有過這樣過度思念的感受，不明白什麼是「鄉愁」。

當我嚐過了思念的滋味，才明白每個想念都是有意義的，人生中必然有一個讓我渴望回去的地方，有些我想見到的人、有些在回憶裡發生過的故事，這些人事物就是鄉愁，謝謝家人給我的愛就像是給我一對飛得高的翅膀、幻想夢想的眼睛、追逐自我的勇氣；還記得決定進入專責病房工作時，醫院讓我們寫下「給一年後的一封信」，信中提到我最想感謝的人是誰？我想那個人無疑就是母親，謝謝她尊重我的每一個抉擇，也感恩她在背後無私的包容。

# 我是護理人員，我驕傲

鄒仔筑．大林慈濟醫院護理部內科加護病房

我是一位內科加護病房護理師，從五專畢業進入職場至今快第六年，在國小二、三年級時耳聞過SARS，當時印象中也是戴口罩、量體溫、用漂白水打掃環境及噴酒精消毒，長大後讀書期間也研究過相關資料，當時看著以前的新聞時事，驚想這麼可怕的事情必須要遏止，期望不要再發生，然而我無所畏懼再次堅定的走上護理人生。在這兩年遇到醫療界中一件「大意外」，那就是「COVID-19疫情大爆發」，在全球造成無數的傷痛。看到病人面臨病毒入侵的恐懼及難過的愧疚；家屬面臨親屬因病受苦的折磨及至親離世的悲痛；第一線醫護人員面臨無形壓力及每一條寶貴的生命；再者第一線人員的家人面臨會被感染的擔憂及責任的驕傲；身為防疫指揮官面臨眼前的困境及肩負的重責，此時此刻大家都一樣，都是辛苦面對難關的人。

從二〇二一年五月二十四日起至二〇二一年六月二十七日為期三十五天，一個在各方條件尚未齊全至萬事俱備、一個從無到有的專責重症病房，是我最刻骨銘心的心路歷程。從疫情開始時，院內陸續收治輕症的病人，我們單位是重症專責病房，在五月二十四日，因院內確診的病人病況不穩定，預計要轉加護病房。第一時間得知單位開始要著手照護「重症確診個案」的消息，便自願跟護理長要求想要第一時間進去照護，並協助來不及布置的部分，在宿舍中趕緊整理簡單的行李。收拾好行李及緊張的心情，曾猶豫片刻是否不要讓家人擔心，但最後我依舊決定在家庭群組中傳了一段話：「今天晚上上班，我就要去照顧確診的個案了。請不要擔心我自身安全，你們也要為了不要讓我擔心，要好好照顧自己。」過沒多久，爸爸打電話來用很嚴肅的臺語口氣跟我說：「家裡的一切你不用擔心，我跟妳媽媽不會四處趴趴走，不要一邊上班，一邊擔憂，這樣事情會做不好，知道嗎？」因為我的爸爸對我和哥哥們向來都是沉默寡言，一講話都是很大聲的斥責居多，所以這簡單的幾句話，敲響我心中親情的鐘聲。

等待上班的時間都是七上八下的心情，當我手機鬧鐘鈴聲響，我帶著我的行囊，擔憂我的男朋友載著我到醫院，互相提醒著保護好自己的話語。當我踏進醫院，單位的其他同事們句句都是提醒「要注意安全唷！」我和學妹踏進專責重症病房。幸好單位安排，至少每半年就會有一次練習「穿脫防護衣」的課程，使我們不會顯得生疏。當我們著裝完後，互相檢視沒問題，我們就經過兩道門，正式進入病房內，見到小夜兩位開路先鋒的同仁，由衷地高興。交班後，開始進行常規治療，第一天我們發現了許多問題，例如：食——同仁飲水需求、三餐的供應；

衣——工作服浸濕替換快，工作服不足；住——專責病房內的沐浴間沒有熱水；行——護理站及討論室的聯繫方式等等。再來，病房內使用過的儀器、藥物放置、乾淨區地帶、病室內醫耗材用物處置等，好多好多都是我們的疑問。

當我們結束第一天，回醫院提供的宿舍，多少身體有些疲憊，躺在床上卻始終無法輕易入睡，後來睡夢中電話聲吵醒，此刻我依舊記得是「22：35」，這是一通從醫院撥打的電話，接起後，電話那端是學姊（緊張的聲音）告訴我：「小夜班同仁今天非常忙碌且人手不足，希望我們大夜同仁提早上班。」我沒有多問也沒想，趕緊起身，簡單整理用物，並去敲學妹的房門告知小夜的請求訊息，我們用最快的速度到達單位及著裝進到病房內，看到專責的夥伴一位醫師、一位專科護理師、一位呼吸治療師、兩位護理師，以上五位正執行插管治療，看似人手充足，實際上了解後才得知現在面臨的困境，原來是從檢疫所本來要收治輕症專責病房，已經在救護車上的病人，突然狀況不穩定，故收治也急轉彎，臨時通知要直接入重症專責病房、無人知病人任何狀況，病人一到病房內，不到十分鐘後緊急插管、從連靜脈留置針都沒有到我們所謂的全套，總共六條重要導管在身上。這些治療在以往一般的情形下，大家互相協助也至少需要一到兩小時，在專責病房中因為全身裝備、設備儀器、醫療耗材、環境動線、人力問題等都加重了完成搶救的困難度。

因為輕症專責和重症專責病房的工作人員，建議要分開住宿，醫院馬上提供原本預計執行長照服務的高級住宿區9C，給我們做容身之處，真的是滿滿的感動，因為有一個可以放心休息的位置，還有可以訓練身體的健身器材及放鬆僵硬肩膀的按摩椅，就這樣可以無後顧之憂地保持好心情去上班。

至今照護過十三位病人中，有位高齡者（九十一歲），因為家屬捨不得病人受折騰，決定放棄急救，所以我們盡力在不插管的情況下，協助讓病人感受到最大的舒適，因病情惡化真的太快，在加護病房約兩天時間，還是離世了，當下聯絡家屬詢問病人留下的物品希望如何處理時？聽到電話中哭到泣不成聲，顫抖的說：「請將所有遺物都丟棄，謝謝。」在我聽來十分心痛，因至親的人無法見最後一面是多麼撕心裂肺的痛苦。整理時，我們發現病人行李有著手錶、戒指及證件，決定先保留十四天，當物品解除隔離之際，由社工協助我們將物品寄出至家屬手中，無法得知家屬的心情，當初保留物品只是希望填補家屬思念的空洞。大多數病人身體狀況也不負眾望一天一天好轉，每一位好轉的病人都抱著萬分感動地向我們說聲「謝謝」，也是這兩個字使我持續且堅持的做好這份帶著使命的工作。

這段日子中，我們有很強大的團隊，一一協助我們處理問題。工務組修好了沐浴間熱水、著防護衣修理我們唯一的製冰機及教導我們處理病房跳電的問題；被服室提供我們所需的工作服；醫院提供讓我們放鬆休息的住宿區；總務室提供簡易型飲水機、提神的咖啡機、在9C的生活耗材；營養組、人文室提供著我們的三餐；資訊室協助裝置電腦及印表機；供應室供應可以拋棄式的器具；社工師成了我們與家屬聯繫的電話線；藥局協助釐清管制藥物更換流程；放射科跟著我們全套防護衣拍攝胸部X光及在我們出外景時一起討論最佳動線流程；外面的學姊、學妹及學弟，時常關心著我們有無吃飽、情緒壓力及現況，在我們需要協助時也義不容辭想辦法幫忙；清潔阿姨協助維持好的環境；書記學姊對於我們所需有求必應；最辛苦的就是我們的「護理長」成為無數次的橋梁，解決我們食衣住行育樂等大大小小的問題。

我們由三位主治醫師、四位專科護理師、九位呼吸治療師、二十二位護理師組成，我們在溝通上大聲說話、比手畫腳、小白板筆談，成了最有默契的團隊。我從不後悔選擇護理這條路，也不後悔進專責重症病房，因為我想持續努力將職業變成志業。讓我重新選擇，我相信我還是會選擇護理臨床的道路，持續治療及撫慰家屬及病人的心，依舊會選擇照護看似危險，但卻處處有溫暖的所謂專責病房照護需要的病人。

# 富足

張筱蓓・關山慈濟醫院麻醉科

一個人能夠做多少？努力多久？我想應該沒有人真正的想過吧！一場疫情把每個人的生活步調打亂了，也將人與人之間的距離越拉越疏遠……。猶記SARS時期我還是個護理系的大學生，當時沒有太多鮮明的印象，因為疫情我們被困在學校上課，對實際臨床發生的事情我們大多是在電視上得知，後來只知道有位年輕醫師名叫林重威及一位護理長陳靜秋因公殉職，對當時還未出社會的我只是覺得就像是一則新聞……淡淡的，還參雜了點微酸複雜的心情。

十幾年的工作下來，每天雖忙忙碌碌地卻也平凡踏實地度過每一天，一直到全球疫情肆虐，臺灣防疫獲得國際肯定，誰也沒料想到一年半後新聞開始播放著「新冠肺炎又席捲臺灣而來」……電視充斥著政黨的謾罵聲，辱罵著政府的無能；每天的電視總是不斷的出現冰冷的數字，確診數、死亡數，然後又是隱匿、又是蓋牌等字眼，每天諸如此類的新聞不斷的重複回放，我開始選擇充耳不聞，選擇只聽別人說聽著（專家）別人做，有天我和許久不見的麻醉醫師朋友用手機閒聊著，他說他被醫院指派至專責重症病房插管，我問他是否會感到害怕？

畫面回到我們上回的聚餐地點，那時臺灣沒有任何病例，一切安好，而他正閉門禪七後準備出關，我們約在素食餐館，他說他剛打完AZ疫苗，問我打過了嗎？我回他「現在還很安全，目前還不想打。」他回，也是啦！當時東部相對安全很多。畫面跳回電話的另一端，他說著剛幫一個新冠重症確診患者插完管沒多久才剛卸完裝備，聽他說脫下層層的防護裝備，滿身大汗，電話的一端說的感覺一派輕鬆，我問他說你會害怕嗎？他說他不怕；反正生死有命，我知道他學佛生死早已看淡，但是他怕回家會把病毒傳給年邁的雙親，所以他選擇不回家，待在自己外租的宿舍！我接著問了一些插管注意事項，他依舊說著一派輕鬆，麻醉醫師們大多都只能選擇坦然接受（因為他們是插管專家），護理師相對暴露風險少一點，我那時有個想法，雖然我在小型醫院，但是我到底能為這裡付出些什麼？複雜的思維不斷的侵襲我……

有了這個想法，我開始研讀很多相關的醫學書籍，上網查資料看了各國的防疫準備如何運用於臨床，替目前還算安全的醫院提前做防疫準備，將一切物資備齊，內心也祈禱永遠不會有用上的一天。

當中央防疫指揮中心說要採買疫苗，各國開始捐贈疫苗給臺灣的同時，我猜想著後續應該會需要護理師去協助注射疫苗，果不其然，地方政府行文給了本院，六月十五日、六月十六日需要護理人員支援第一、二類的快打疫苗，督導也在第一時間詢問我們，當下的我想也沒想就一口答應，回到家先跟家人提及（畢竟我不是單身還有兩個年幼的小孩），就算再怎麼衝鋒陷陣心裡總有些顧忌、罣礙，幸好家人一路以來對我做的事情都很支持，也先將督導學姊指派六月十五日行前注意事項，及行前通知仔細看了一遍，畢竟是要快打九小時左右，有一千三百位左右的年長者，希望一切順利。六月十五日一早與同場的護理人員著裝整頓好，驅車前往臺東靜思堂，看看場內的規劃動向，並六人一組開始溝通如何抽藥、誰負責注射，何時補位等等，接著將全套防護衣、護目鏡、口罩、手套等一一穿上並兩兩一組確認著裝完畢，準備今日的任務。

人生就像一場競賽，你希望跑在前頭，害怕被後頭的人迎面趕上，所以就會越努力越盡力，注射疫苗的那天我的心情便是如此，人群一直有秩序、保持社交距離地湧向前；我擔心注射得不夠迅速讓老人家等待太久，也必須專注凝視每一支針上的細微刻度（0.5ML），分毫不差要抽足，更不能浪費每一瓶得來不易的疫苗，目標抽好抽滿。整身裝備的密實，讓臉上偌大的汗珠一顆顆的劃過臉龐流入口罩內，但已分不清是汗還是淚珠，微鹹的氣味，工作服背後也被汗水給弄濕，但此刻內心是溫暖的、感動的，想起上人說的「掌心朝下」；我想那是告訴我放下身段姿態，因為此刻我盡的只是微薄之力，若與前線負責專責病房照護的護理師，我們大相逕庭。協助注射狀態一直持續整整九個鐘頭，是場時間拉鋸戰；中間輪流休息短暫片刻，脫下雙層手套的那一剎那，雙手早被汗水整個浸潤，手掌上分佈滿滿的白色皺褶，注射團隊無一倖免。最開心的是，每協助完一劑注射疫苗後，老人家或家屬每一句的：「謝謝護理師，打針一點都不痛啊！你們真的好辛苦了！」接著就是客氣的九十度鞠躬道謝，戴著口罩、面罩雖然只能給我看見那雙微笑的眼睛，但這一刻真的好值得。

人因付出而快樂，因快樂而富足，此刻的我覺得幸福又富足，日落西下，我們終於完成了近一千三百人的快打注射，順利又圓滿，期許明天的團隊帶著一樣的信念繼續努力。

回到家中脫掉彈性襪，小腿上多了幾道鮮紅又深的勒痕，及伴隨小腿上幾顆鼓起的水泡，動動打針的雙手有點麻痺無力及顫抖，彷彿已不是自己的雙手，一趟任務除了疲憊也多了大大的滿足，肉身的疼痛早已不算什麼了！也許正如同上人說的：「與其擔心社會現狀，不如化作信心，並付出一份愛心。」而我們只是藉由這份理念，小小的傳遞出去那份愛與關懷，而那份富足充盈我心。期許此波疫情能盡早落幕，讓大家回歸正常的軌道，讓愛沒有距離，雙手合十，祈求天佑臺灣，除了加零更清靈（清除洗滌身、心、靈），因富足而使社會更美麗。

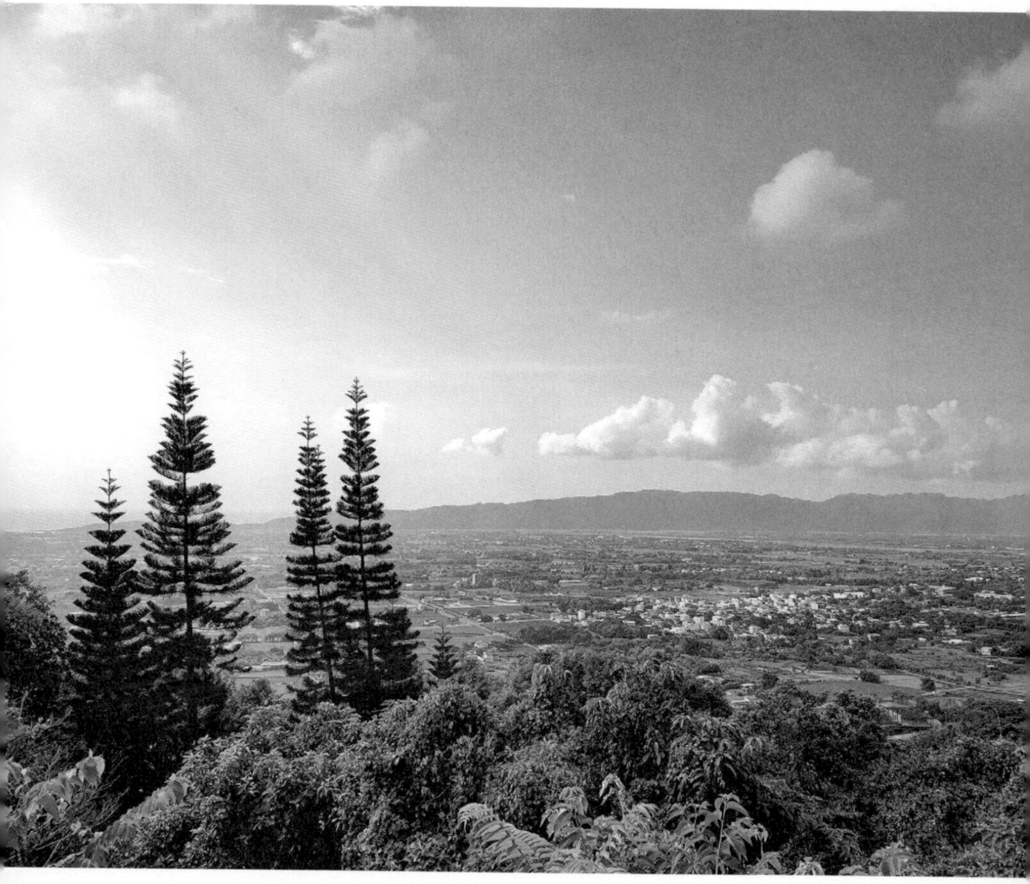

# 第三部

# 大愛種子 善傳承

# 善傳承

◎本文獲第二屆「最美的醫療人文」徵文比賽 佳作

傅敏嘉．花蓮慈濟醫院合心十一樓

## 電話那頭 死神的預告

每當黎明之際便將是我陷入沉睡之時，夜班的生活幾乎見不著光的，當陽光照在我臉上時，總會讓我想起小時候，外公總是喜歡在陽光明媚下忙進忙出，對我來說他就像太陽一樣，總是笑容燦爛，熱情溫暖，但那一天光芒卻消逝了。

「鈴——鈴——鈴——」手機響起我最愛的流行樂，重複地唱著baby don't cry，準備下大夜班的我狐疑的看著手機，心想誰會一大早打電話，螢幕顯示者○○醫院來電，一股冷意直達我的背脊，我小心翼翼地接起電話，「喂？」電話傳來陌生女子的聲音：「妳好，請問是徐○○伯伯的孫女嗎？我這裡是○○醫院，伯伯現在病情狀況不佳，因為其他人都聯絡不上，請問你們是否有要插管急救？」

急救？我瞬間腦袋一片空白，耳邊的聲音彷彿只是呢喃，我完全聽不清對方說的一字一句，我努力強壓下恐慌的情緒，做了一個深呼吸調整思緒，喉嚨彷彿哽住般，我用盡力氣說出，「不是準備要出院了嗎？為什……麼……突然……要急救？」電話那頭解釋，「早上伯伯本來還在病室內運動，之後突然說胸痛，醫生說可能是因為伯伯心臟病突然復發，所以現在呼吸不過來，醫生表示若是不給予插管，可能會不行了，請問你們同意插管嗎？」

「請等我一下……」我幾乎快喊不出聲，看向一旁的同事問到，「臺灣是不是插管就不能隨意拔除氣切管，除非死亡？」同事愣住了，「妳外公怎麼了？怎麼哭了？」我才意識到我已滿臉淚水，雙手顫抖的不能自已，身為醫護人員的我，陷入天人交戰。外公今年已九十六歲，我知道插管後對年事已高的外公來說就是在折磨他，但是由我來決定放棄急救，我做得到嗎？我感到徬徨無助，淚水更是止不住的奪眶而出，同事摟住我的肩膀說到：「沒事的，我們都在這陪妳，妳知道怎麼做，對妳外公最好。」我點點頭哽咽地拿起手機：「請你們……不要插管……不要壓胸……不要急救，讓他舒服的就好，我們等等就趕過去，謝謝。」

## 付出，不起煩惱

凌晨十二點，正是大小夜交班之時，我與同事一房一房的檢視病人情形，一股難聞的尿騷味撲鼻而來，口罩都無法阻隔，我看向同事，問到：「這個阿公怎麼味道這麼重呀？」同事說：「這個阿公的家人就只有一個兒子，家裡還有中風的阿嬤，所以都沒有人來照顧他，而且阿公有大小便都不說，都要我們去翻他尿布，他才會說他有上廁所，所以身上味道很重。」我點頭表示了解。

大夜的工作是很繁瑣的，雖然病人都在睡覺，但工作並沒有因此比較輕鬆，也考驗著守夜的本事，我看看時間，早上五點三十分，阿公已清醒了，我準備東西後，「阿公，我們今天來洗澡吧！你不覺得身體很久沒洗澡，很不舒服嗎？」我拿了一盆洗澡水，乾淨的病人服放在床邊，阿公沒思索多久便點頭答應了。洗完澡後，早飯也來了，我邊餵阿公吃飯，邊詢問阿公家境情況，思考著如何能夠幫助阿公，阿公笑笑說：「妳以後一定會嫁個好人家，很有錢的那種。」

我微笑著說：「謝謝你的祝福，但我不要很有錢的那種，我要有愛的那種！」

阿公淡淡的笑著：「那是一定的，你們做護士的都是天使！」

我接著說：「那你要乖乖聽我們的話呀！你尿布濕了都不說，搞得自己身體很臭，你聞不到呀？」

阿公皺著眉、揮著手說：「你們很忙，我不好意思要你們幫忙。」

我說：「我的工作就是照顧病人，你是病人，那就是我的工作，沒有什麼不好意思的，你如果不好意思，會讓我工作做不好，那我就不是好護士了，你知道嗎？你要害我變成不好的護士嗎？」

阿公會心一笑，豎起大拇指對著我，「哈哈哈哈哈，妳說得很棒，妳一定會嫁給好人家！」之後我們便約定，有需要就要按鈴請人幫忙，阿公的病情也漸入佳境了。

與阿公相處久了，他便會在吃飯時，說起自己以前的點點滴滴，說起怎麼認識他老婆的，說起以前的風花雪月，還有對很多事情的懺悔。阿公是個很愛笑的人，他因為年輕時染上了很多不良習慣，導致身體下肢血管壞死，雙腳都截肢，不過幽默又豁達的他，曾在我們幫他洗澡時說：「好險，我沒有腳了，不用花很多時間幫我洗澡。」一瞬間逗笑了大家，雖然對他照顧的時間相比其他病人多，但也不會因此感到疲倦不已。他從來不害怕死亡，他認為自己不該活這麼久，讓他的兒子那麼可憐，他滿臉的心疼更加深他的皺紋，眼神是無限的悲傷，但他沒有落淚，反而笑得很燦爛看著我，我微微笑回應他的笑容，看著他讓我不免覺得有些心酸，使我想起獨自一人生活在鄉下的外公，他的笑容就宛如那年的外公。

## 生命故事，是緣起，是善起

那時我大概十歲，有天媽媽突然來學校接我，我很開心，心想可以下課了！我問媽媽我們要去哪？媽媽面色凝重地說：「外公生病了，我們要去醫院看他。」外公是個生活規律、身體硬朗的人，八十六歲仍然可以騎機車到處趴趴走，聽到他住院讓我無法想像，媽媽說得了癌症，表示外公年紀也大了，我們要有心理準備。我心情開始有些難過跟擔憂，一到病房，以為會看見外公虛弱的躺在病房，然而見到的卻是空蕩蕩的床，正當我們一臉擔憂時，鄰床的病人拉開床簾，笑著對我們說：「妳阿公帶另一個病人去散步了，妳阿公精神很好耶！完全不像個病人，還會幫我們買東西，妳等等他就會回來了。」過一陣子，我看到外公推著一個人回到病房，笑笑的對我說：「來了呀！」我真的不知道到底誰才是病人，我們跟外公了解了他的狀況，他說可能會電療吧！我心想外公真是豁達的人，我也想這樣樂觀，反觀我媽媽從頭到尾都緊皺著眉頭，我思索著或許大人有他們的顧慮。

有天放學回家時，我看見外公坐在客廳看電視，我驚訝的看著外公問到：「外公你怎麼回來了？你好囉！」外公笑得很燦爛的拍拍胸脯說：「好啦！完全好啦！我出院了。」然後舉起左手給我看，外公表示這是證嚴上人給予他的，保佑他能夠脫離病苦，那是一串散發著美麗螢光綠的佛珠。外公還說證嚴上人誇獎他，雖然他生病了，但他仍保持著快樂的心情，難能可貴，還可以幫助其他的病人，希望他可以繼續散播他的歡樂給其他的病人，讓這裡的人感染歡樂，病痛就可能消失。這是我第一次聽到有身邊的人如此接近證嚴上人，感覺很奇妙，因為我以為大人物都是遙不可及的，但證嚴上人卻是如此的親切。

媽媽說過，外公其實一直都是逞強著對我們笑，他害怕別人為他擔心，害怕別人哭，他很不喜歡哭泣。我問為什麼？媽媽猜測可能因為是經歷過戰爭的人，所以經歷過世界的悲痛吧！寧可用笑容掩蓋悲傷，也不要讓家人為他哭泣，媽媽說：「外公自從遇到上人之後，整個人都精神起來了！而且當醫生說他的病情已好轉了，不用電療，可以出院了，他瞬間放鬆的笑容，好像受到救贖一樣，他是真心的笑了！我們要感恩，或許是他一直做善事，俗話說善有善報，對吧！妳外公很幸運，要好好感恩喔！」我點點頭，對於十幾歲的我聽是聽明白了，但要做卻有些一知半解，不過至今我都還記得那存留在心中的暖意及滿足感，這或許就是感恩。

## 心善轉動念善的力量

十一點三十分，再過一會我就可以交接下班了，我想在交接時再看一次病人，以確保病人狀況無異常，當我走到阿公的病床時，他縮著身體，突然我摸到他全身盜汗，我叫喚阿公，只見他皺緊眉頭，緊閉雙眼、呼吸很急促，看上去很痛苦，我趕快請同事叫醫師，在一陣兵荒馬亂時，戴著氧氣面罩的阿公，還抬起頭來對著我們點頭微笑，表示他很好，經過醫生的評估後，表示需要至加護病房觀察，阿公仍然不斷的對我微笑，好似安慰我，「他沒事」。

過了一個禮拜，「滴⋯⋯滴⋯⋯滴⋯⋯」醫院裡機器規律的聲音迴盪在病房裡，床上躺著一位氣若游絲的老人，呼吸器罩在他的臉上，每吸一口氣都彷彿用盡全身力氣，身旁一個人也沒有，更顯得病室的孤寂，雖然阿公回病房了，但他狀況每況愈下，我在阿公身旁為他祈禱，希望他可以脫離病苦。又過了幾天，病房裡已空盪盪了，阿公回家了。在一場與死神的戰役中沒有搶救成功，最後看見阿公的面容是如此痛苦，及那天與時間搏鬥的失落感，至今我都無法忘記阿公的笑臉及最後一面。我思索著搶救人命到底是為了什麼？我生命的意義是什麼？我不希望他們被這樣的過程折磨，但又期望可以挽回生命，面對現實的無力回天與內心交戰的失落感，使我迷失對護理的初心。

直到我有一次回外公家，與外公談及我的想法，外公聽完後，只對我說：「妳對病人好就是在對我好。」一開始我不太明白，但隨著在醫院的日子一天一天過，我逐漸體會到「做中學，學中覺」的道理，也對外公說的話有所醒悟，如果善是一種能量，那這份能量是可以相互影響及安慰的。每當我幫助病人緩解病痛，使他們在生病過程中得到治癒，漸漸的也會看到病人之間相互幫助。有一次我正要去幫一個病人裝水時，另外一個病人搶過我手裡的水瓶，表示他來幫忙就好，我接著說不用，你是病人，好好休息就好，但他說你們幫助我這麼多，我也可以幫助他，這樣你們就可以幫助更多病人。無形之中，我內心也受到了治癒，想起病人及家屬們感激的眼神，感受到這份工作的使命及成就感。

## 以愛付出 帶動他人以善跟隨

坐在車內，我看著窗外車子停了，我的思緒漸漸回到現實。完成醫院裡的手續後，看著曾經給予過別人的文件，現在卻在自己手裡，心中五味雜陳，站在加護病房外，空氣壓得令人喘不過氣，我們焦慮地站在門外等待，沉重的門緩緩打開，護理師請我們只能兩個人進入探病，看著外公氣息奄奄地躺在病床上，難以想像前幾天他還精神奕奕的樣子。站在外公的床旁，外公虛弱地看著我們，然後用手比劃我們的臉龐，示意著要我們不要哭，我們快速擦掉臉上的淚，他便淡淡的笑了，用手在他的腹部輕拍示意他很好，並將手裡那串佛珠遞到我手裡。護理師走來身旁告訴我們：「探病時間要結束囉！你們放心吧，伯伯平時很照顧我們，我也是住在部落的，我會好好照顧他，不用擔心。」這或許是外公的善報吧！我們感激的向護理師鞠躬道謝，離開時看向已睡著的外公，我手裡緊握著那串佛珠，心中祈禱著，請保佑他度過難關。

## 用心行善 長智慧花

我們收拾著老家，我將牆上外公的照片取下，小心翼翼的擦拭著，看著相片中的他依舊是笑臉盈盈，我想他是真的度過病苦了。身為醫療人員的我，知道生命是無法強求的，但每個人用生命告訴我的故事都將深深留在我的心中。

世界各地病苦之災不停反覆，全世界的人們現在正遭受疫情的恐慌，但大家各說各話、相互猜疑，致使人心惶惶，不只身體受病痛之苦，心裡也跟著受折磨。如果我們可以用心起善念，傾聽苦難，相互幫助並用善念祈禱，這份祈禱的意念或許可以安慰地球，撫慰病苦，就如我外公使我體悟到用心匯集善因、善緣，凝聚善力付出，使每一刻都善傳承。

# 誓言

張兆婷 · 台中慈濟醫院3B身心科病房

那年，晴空萬里、陽光燦爛，空氣中帶有梔子花的香氣，我們同年級的同學們一同興奮地穿著護士鞋、戴著護師帽一起聚集在學校大禮堂，平時穿著樸素的師長們，當天也換上潔白無瑕的護師服，神情顯得莊嚴而肅穆，我們雙手捧著象徵光明的燭火，懵懂地用著略帶稚嫩的嗓音跟著師長們詠唱《南丁格爾誓言》，宣示著我們往後將用自身生命去努力守護的誓言……

二〇一八年一月，在經過七年的護理訓練（五專加二技）畢業後，歷經三年的非大醫院的醫療院所之兒科護理經驗，懷抱著當初對醫療的熱情與憧憬，來到了台中慈濟醫院。我本身不擅長社交，更不擅長辭令，老天爺卻意外的把我安排到最需要社交溝通技能的單位「急性身心科病房」。這對初次踏入大醫院工作的我而言，那是不亞於照護內外科急重症疾病病人變化的超大壓力，每天上班都抱著忐忑不安的心情，下班後回家更是努力的翻書複習，企圖彌補畢業後三年的空白與學習延遲。

第一次見到明先生（化名），記得是在一個寒冬的早晨，他高瘦纖細的四肢，卻挺著和自身身材明顯不成比例的大肚子，一雙黯淡無光的漆黑大眼，神情顯憂愁與滄桑。「憂鬱症」就像是萬年不散的雲雨，盤旋在他過去的回憶中、也徘徊在他的心靈深處，令他周身長滿荊棘，面對周遭的人事物都築起一道難以跨越的高牆，就為了保護荊棘叢中那早已傷痕累累的孤寂靈魂，就這樣獨自一人靜靜地窩在病房的角落深處。

或許是每逢佳節倍思親的緣故，明先生幾乎每次過年過節都會入住身心科病房，住院過程中，經常會看到他獨自一人窩在角落觀看著其他病患間的互動，偶爾幾次和其他患者互動也只是維持著平淡的表情，鮮少幾次不經意地微笑，也笑意不達眼底。初始面對像明先生這樣重度憂鬱的病人，一時之間都容易顯得手足無措，不知該從何開始著手照護，香港中文大學心理學系麥穎思教授曾經說過：「藉由訴說親身故事，陪伴每個受挫、低潮的人，看他們分享的故事，才明白有時最好的安慰，不一定是給出有條理的建議，而是靜靜的陪伴。」所幸，在一次次努力不懈的照護與面談後，明先生周圍的荊棘與高牆終於漸漸地瓦解、崩塌，慢慢地願意向我們講述自己的故事。

一個人要分享內心感受需要時間和空間，絕對不是一件容易的事情，而且需要非常大的勇氣，傾聽者需要有耐性，給予對方安全的空間去慢慢表達，同時，我們必須讓對方擁有選擇權，決定要分享什麼、分享多少；有時候對方可能單純想有人陪伴自己，度過這段難受的時期，臨床心理學家李昭明曾經說過：「擁抱沉默，接納對方的步伐；聆聽他人，也聆聽自己內心的聲音。」醫護人員或許只需傾聽對方所想要分享的部份，而不強求對方分享更多，對於對方的任何狀態都一一接納，予以同理關懷，並適時向患者傳達善意回應，如：「你說多少，我就聽多少，毋須勉強。」「感謝你的信任，要說自己的感受是很需要勇氣的，不用擔心，我會慢慢聽。」

明先生和我們說：「我以前是經營數間酒店的大老闆，個性爭強好勝，覺得世界上沒有什麼事情能夠難倒自己，那時候我雙親健在，並擁有一位漂亮可人的老婆，但我那時候不懂得珍惜，依然夜夜笙歌、交際應酬，努力拚搏自己的事業版圖，突然有一天，手中的事業開始走下坡，幾間酒店陸續倒閉，欠了一屁股債，老婆不再願意回家，父母也因為車禍意外而相繼離世，自己的健康也亮起紅燈被診斷出有肝硬化，從此之後我的天空就整個塌了，內心再也體會不到溫暖，只有永遠的黑暗，我沒有家……。在其他人都開心團圓的日子裡，令人感到悲傷的回憶就像隻大怪獸一樣把我整個人吞噬掉，那些和已逝親友曾經留下的美好記憶，甚至因此變得愈來愈模糊不清，現在住在朋友家，我僅是一名寄住者的身份，畢竟家人都走了，左右鄰居看我的眼神會讓我感到害怕，我甚至會刻意躲在房間裡足不出戶，就是為了躲避那些人異樣的眼光，在醫院裡頭大家都是病人，我反而顯得比較自在些，因為大家都是一樣的……」

隨著臨床工作歷經時日的磨練，那些原本在學生時期顯得單調、陌生的疾病描述，彷彿各自從書本裡的白紙黑字中躍出，在腦海中漸漸地鮮活起來，想想這一切的改變都要歸功於那些願意讓我照護的患者們，不僅是我們陪伴著他們，他們的包容與適時給我們的回饋、情緒反映，這些經驗無論好壞都是我們一路成長的養分，多麼希望這些病友們都能平安健康、長命百歲。

但事與願違，最後一次見到明先生竟是在二〇二〇年一個炎熱夏季的午後，我因為車禍腰傷，在做完平日的復健療程後，恰巧在通往醫院大廳走廊途中與他不期而遇，他的面色看起來比過往印象中更加蒼白、蠟黃，呼吸略顯急促，原本纖細異常的四肢變得更加纖細，肚子也越顯腫大，我當下愣住，回神後心中暗覺不妙，專業的訓練告訴我：「這應該是明顯的肝硬化末期的腹水表徵啊！」原已駐足的步伐急忙向前踏出一步去跟他打招呼，明先生看到是我的同時，雖然有些驚訝，但眼底的笑意中仍掩藏不住，簡單問候寒暄後，對我說：「謝謝你們以往在我於身心科住院期間的照顧，我已經多年從未感受到來自於人的溫暖，是貴院的醫護人員讓我的心再次感受到久違的溫情，讓它不再是永遠寒冷的冬季，或許不久我即將面對人生必經的死亡道路，但懷抱這份溫暖，讓我不再感到孤獨、畏懼與徬徨，謝謝，我會永遠記得你們……」

這年，在與初遇時相同的一個寒冷的冬季，下班後查詢追蹤以往病人的病歷時，不經意的查找翻閱到明先生現在住院的病房床號病歷，肝膽腸胃科的病歷竟顯示出和肝硬化死亡相關的護理紀錄，看著電腦上冰冷的簡短文字敘述，忽而一陣鼻酸，悲傷的情緒在內心深處久久盤旋，朦朧飄遠的思緒似乎把我拉回那年帶有淡淡梔子花香的夏季回憶……，耳邊似又迴盪起當時那環繞整個大禮堂的誓詞——「余謹於上帝及公眾前宣誓，願吾一生純潔忠誠服務，勿為有損無益之事，勿取服或故用有害之藥，當盡予力以增高吾職業之程度，凡服務時所知所聞之個人私事及一切家務均當謹守祕密，予將以忠誠勉助醫生行事，並專心致志以注意授予護理者之幸福。」

人生路上所遇到的每個人、每件事、每個當下都有它的意義，或許在我們全力投入照護每位病人的同時，他們的信任與回饋也都是每一位行醫與照護者在醫療道路上的一盞盞明燈，照清我們所有優缺點及盲點，感謝我們照護的所有「病友」與慈院中共事共勉的醫護同仁，這股彼此相互關懷鼓勵打氣的動力，將使我們即使感到勞累、難過與疲乏，卻能始終謹記過往的誓言，同時懷抱感恩與謙卑的心，彼此如「戰友」般的繼續並肩同行，無畏的在「行醫護人」的工作及道路上努力前行。

# 慈濟人文香滿路

申斯靜・大林慈濟醫院企劃室暨國際醫療中心

莫非老了？不然，為何舊事重提？非也，因為每個人的過去各有不同，我若不說，自己也會從過去到現在理所當然的就遺忘了。今年是踏入慈濟即將滿二十五年之際，驀然回首，原來有許多幕的人與事，不是不堪，而是難忘要感恩的人。

一九九六年的七月底，剛從美國醫管碩士畢業，為了照顧父母返回臺灣工作，在幾家大型醫院中，選擇了自己最陌生的環境——花蓮慈濟醫院。這跟在美國認識一群臺灣醫界的朋友們，最後做的決定有關。

八月五日我搭著國內航空一早到了花蓮，對那時候的我而言，從臺北到花蓮，跟到了熱帶雨林的國家出國沒有兩樣的感覺。一出機場不是我所認識的人出現，而是一位同仁——總務室黃耀慶坐著輪椅來機場接我，他流露大方熱情的笑容對我不斷地說明歡迎之意，而我心中卻是犯嘀咕懷疑著怎麼不是我認識的人來接我，原來我擔心耀慶的開車技術也是多餘的。穿著盛裝來到了醫院上班，當看到女同事們都穿著制服，我的盛裝與長髮飄散看起來就只剩不協調的怪。先適應著與一群約莫二十歲出頭年輕同事們共事，特別感到大家的拘謹有禮，看到每個人此起彼落的電話忙著對話，當時被安排在資材組的辦公室裡工作，當然也還沒看到我認識的人。等到辦公室座位、電腦等設定處理好，隱隱約約聽到隔壁辦公室傳來那鏗鏘有力、中氣十足的聲音在「指導」一群同仁。咦？那不就是我進慈濟唯一認識的人——王錦珠，終於出現了！怎麼跟我在美國認識的王錦珠不太一樣咧？嗓門怎麼這麼大……

王錦珠主任，是我當時會到慈濟醫院服務的關鍵人物，我當時只知道她在慈濟很資深，其他的認識非常有限，我一直與王主任共事到大林啟業。記得在花蓮的日子，是從早忙到很晚，奇怪的是，怎麼在慈濟，事情永遠多到沒完沒了，那一年從慈濟醫院滿十周年、院內上上下下忙著各種活動開始，我忙著設備採購、藥品年度採購、醫材議比價、圖書採購、洗衣房設備更換、停車場規劃、大學大捨堂設備採購、義賣活動、大愛臺電視臺開臺也要管、ISO認證、第一次醫學中心評鑑、骨髓中心成立、接維修組新單位、接輸送新單位、第二代資訊採購庫存財產系統功能整合、Y2K因應與輔導他院、玉里及關山慈濟醫院啟用、台北與台中慈濟醫院院區及室內各醫療設備規劃與美國NBBJ團隊有開不完的動線空間討論會議、大林慈院的各項採購、土耳其大地震在花蓮街上募款卻被責難要救自己人的難忘。好不容易稍有喘息，什麼？半夜又來了個超大的地震，九二一。在慈濟，我被訓練了，什麼事遇到都要處理，現在才知這些都是「躬逢其盛」，歷練自我的大好契機，要問我在這裡學到什麼？應該就是本文最想要陳述的醫療人文之美。

何謂慈濟人文？這並不是每位來到慈濟工作的人都已經具有的特質，許多人更是期待已經在機構裡工作的同仁就一定會有。慈濟人與慈濟的人差別，認知與定義人各不同。但是每位來到慈濟工作又有點資深的人，若是沒有受到這人文的薰陶，我認為是可惜的。為什麼這麼說？師者，傳道、授業、解惑也。當我們離開學校步入社會之後的學習與成長，端看我們的行業、機構、工作伙伴與朋友給我們的影響。醫療是以病人生命品質為中心的行業，所以，進入這醫療行業，大家上班工作，就是會處在不斷要進步與成長的生活，否則，不進則退，甚至也看到許多工作被新科技發展技術替代的工作與危機，所以要常常盤點自己的核心技能有哪些。我慶幸在慈濟工作，有著許多的善知識們，換句慈濟說法，就是菩薩、就是許許多多的慈濟人是我進入慈濟的師長，是長官、是同袍與師兄姊，不勝枚舉，以幾位對我影響甚深的慈濟人來分享自己所見的慈濟「慈、悲、喜、捨」的人文。

「大慈無悔」，早期看到曾文賓院長，嚴肅寡言很少有笑容，也令當時還年輕的我心生敬畏，曾院長真是這樣的人嗎？當我用心認真的看，是看到曾院長做事謹慎求真的精神，他過去研究烏腳病眾生的付出與成就，除了醫療專業，如果沒有高度的自律、專注、耐心與毅力，當時哪能將烏腳病臨床診斷標準給予統一判定，提高了與其他疾病可以鑑別的成就。還記得在轉調來大林慈院之前，在花蓮慈院參加最後一次的望年會，抽到曾院長獎的頒獎時，曾院長竟然主動告訴我「去大林就是要把握機會，設定目標，好好的去發揮自己的長才」，那一刻發自真誠的關懷，讓我永遠記得曾院長當時的勉勵，對調派大林還沒有絕對自信把握的我，是信心加持的力量，也要學習曾榮譽院長在專業上努力，發揮自己的無私精神與精進不懈，身教更甚於言教。

「大悲無怨」，第二位慈濟人，是師嬤。第一次認識她老人家，是在慈濟大學的園遊會，她身旁圍繞著許多人，說著道地流利的臺語：「一包水泥一份愛、一嘟鋼筋一世情。」原來她在為一九九六年十月大林慈院要動土，在慈大校園內忙著勸募。那嬌小的身軀配上宏亮的聲音，傳說中的師嬤就是一位超級主持人，心甘情願沒有一毛主持費，每天無數場次、不同地點的勸募大眾要付出心力救眾生苦，時時刻刻無怨悔都在為慈濟。

為什麼要提到師嬤，因為長者的智慧，是我們可以快轉人生時刻，學習到的參考經驗。面對逆境，我曾問過師嬤「心生挫折，怎麼辦？」她用臺語跟我說：「戲棚腳站久就是你ㄟ！」第一時間聽不懂也無法體會這個解答，可是這句話卻在經歷許多人事磨練後，印證受到外境障礙、阻撓與挫折才是正常的人生考驗，要恆常保持心緒清淨的本性，面對每一次的困難挑戰，勇敢面對與解決，不退縮才能繼續前進的力量。

「大喜無憂」，誠正信實無所求。第三位是王錦珠主任，當時人稱魔王級主管，在花蓮大辦公室共事過的同事們一定很懷念一個場景，常見一排同仁站在主任辦公室前被「指導」，我也是其中之一。那時候的我，一直在想，有沒有更好的方法可以改善這個窘境？我又要感恩什麼呢？在職場上，仍有這麼一位主管以敏銳的經驗看到自己的缺點，用不同的方式點醒自己，要專注在缺點的改善，我不該只在意指導方式而忽略了自己真正的問題。不二過與處理事務的思維訓練，要真心感恩王主任過去的指導，這是在調任大林慈院前的特有心智訓練，她常要求我「觀察要敏銳、做事要細心」，在專業上更確保誠正信實，自律道德上的清流與素養不容怠忽，盡己之能而無憂，良師益友難得。

第四位「大捨無求」，是近日驟逝的沈喜洲師伯，再一次體悟無常，也再一次回顧喜洲師伯在世時曾給予自己的經典名言「發無私的大願，不要怕，做就對了」，他敘述自己在新加坡募心募款的歷程，出錢出力如何克服萬難。身為一個實業家，有人有錢有閒大可選擇寶馬雕車香滿路的享受才是，為何有人偏向苦事虎山行？他不吝付出之外更汲汲於勸富行善，說慈濟、做慈濟、心心念念在慈濟，在新加坡影響更多實業家護持慈濟，善心善行遍及影響自己所在的國度不遺餘力。他用心關懷慈濟法親家人、用行動護持慈濟醫療，為此大林才有機會與新加坡實業家的師兄師姊們結下善緣。喜洲師伯在新加坡延續著慈濟精神，昇華自己為善最樂之所窮，應驗〈普賢菩薩警眾偈〉云：「是日已過，命亦隨減，如少水魚，斯有何樂；大眾當勤精進，如救頭然，但念無常，慎勿放逸。」無求卻是但求人生時時刻刻在慈濟道上，把握當下，行善無二念。

慈濟人文，就是在慈濟世界裡所見到的足以文史流芳的人品典範者，活在我們心中，照耀我們的人生，體悟人生快樂無他法，來自於清淨本性無私行善最恆久。

第四部

# 護病護心 愛無礙

◎本文獲第二屆「最美的醫療人文」徵文比賽 佳作

# 阿勇的答案 在地平線另一端

林美芬 · 花蓮慈濟醫院護理部護兒中心

生命的價值究竟如何衡量？先天異常、沒有腦下垂體又罹患惡性腫瘤的孩子，需要把醫療量能開到最大來積極救治嗎？在病魔環伺與治療苦痛的折磨之下，該為生命設停損點嗎？

剛開始由兒科一般病房進入到加護病房受訓時，看著先天性異常、快三個月還無法脫離呼吸器，從頸部氣切造口掙扎吸吐著每一口氣的孩子，年輕的我，問了資深學姊：「他這樣好辛苦，出院後家裡的人要照顧他，也會非常辛苦，幫助他這樣繼續拖下去有什麼意義？」永遠記得當時嚴肅的學姊回答我：「做就對了，別想那麼多！以後你就會知道了。」可是這樣的疑惑，在之後的日子裡，每當遇見病況預後不好的孩子就會再度冒出來。

經過這些年，初生的喜悅和死亡的失落哀傷，不斷交錯在工作日常中。漸漸地，似乎真的如學姊所說：「無需多想，做！就對了！」冥冥之中，生命的章程彷彿早已鐫刻於最初。而平凡的我只能盡責守護，讓這些經歷苦難的孩子少痛那麼一點點，在治療過程中的折磨縮短那麼一些些。

一個活了一百二十天不完整的生命，從開始到結束，經歷了令人駭然的病苦地獄。卻在得到最基本的滿足時，笑得像是到了天堂。曾經，就連幫他跟死神拔河的我，都忍不住想放棄，讓他順其自然結束一切、獲得解脫。而他堅強又勇敢的求生歷程，讓一直心存疑惑的我，找到了答案。

阿勇其實不叫阿勇，真實世界裡，他有一個像小說男主角喊起來響亮、寫起來好看的名字。早產兒的名字普遍取得慢，也許是在一般人觀念中，早產生命充滿了許多未知的變數，總是要等到一切穩定之後，才會將能夠伴隨一生的稱呼白紙黑字確認了。阿勇是我為他取的小名，因為在他身上發生的病痛苦難不勝枚舉，但是他依然固執而充滿韌性地掙扎求生，私心想替勇敢的他因為這「俗擱有力」的小名，為之後的治療帶來順利好運，也能讓每個遇見或聽過他的人，記得他。

阿勇是小媽媽生下的早產兒，孕期沒有產檢，無從預估週數，出生體重只有一千七百五十五公克，因為先天性腹裂而裸露的內臟，他被轉診到我們慈濟醫學中心。弱小的他雖然在夜晚到來，卻驚動了本院未當值的所有麻醉科醫師奔赴手術室，資深的分享經驗，資淺的學習知識，只為完整之後所有的遇見，結下千百回善緣。

與他第一回相遇，是在他腹壁修補手術後當晚，出生不到二十四小時的他剛從手術室送回加護病房不久，還沒有從麻醉狀態醒來。躺在嬰兒保溫處理臺上的蒼白身軀，只有成人拇指般粗細的四肢，無力癱在毛巾卷軸做成的小窩裡，小小的胸膛隨著接在氣管內管的呼吸器設定機械性地起伏，電腦交班畫面那原本猙獰外露的臟器像一場夢，被厚厚的紗布繃帶覆蓋纏繞，彷彿病魔的爪牙也因此被綑縛。一旁數臺幫浦除了給熱量的葡萄糖點滴，還有胺基酸溶液、紅血球濃厚液。接班的時候，我衷心期盼著輸血完畢後，可以幫這小小的身子塗上屬於生命的色彩。

過了一夜，輸完血的阿勇除了氣色變紅潤，他那隨著導尿管流出的少量尿液也變紅了。抽血驗了凝血時間是延長的，血小板也低於正常值許多，是接近自發性出血的那種低。然後便開始了輸血治療——大約每個禮拜就會有三到四天輸血漿或血小板來矯正凝血功能，一直持續到改善之後，阿勇也滿月了。

出生第四天阿勇的尿開始變多，幾乎是正常值的兩倍。經過觀察、送檢尿液血液的檢驗數值換算後，小兒腎臟科醫師診斷為中樞型尿崩症。在調整藥物治療劑量及頻率的過程當中，我們必須收集他的尿液，每一到兩小時統計尿量，每八小時測尿比重，每班統計進出的水分，每天測量體重。最後終於發現：治療尿崩藥物必須每八個小時吃一次，早晚兩次對阿勇來說間隔時間太長，無法有效控制尿崩問題。這是在阿勇回家之前，對照顧他的母親和外婆一再強調的重點。外婆提出醫院的服藥時間對他們的生理作息太難配合，所以回家之前就把吃藥時間改成清晨六點、下午兩點、晚上十點。

塞回腹腔的臟器容易在手術過後腫脹，至少一週之內沒辦法餵食，無法由腸道吸收營養，只能依賴全靜脈營養輸液，這濃厚如母乳的點滴，必須由中央靜脈導管給予，但是這樣的生命線並不容易建立。輸完血，生命徵象稍微穩一些，值班的總住院醫師蕭醫師就全副武裝上陣，用無菌技術嘗試在弱小的肢體埋下一線生機。可惜再三努力結果還是讓人失望，蕭醫師不肯放棄，聯繫小兒心臟科劉醫師支援。那天星期六，放假的劉醫師原本要搭乘火車到臺北赴約，卻仍然二話不說，加入尋找那一絲希望的行列，她一早踏入單位放下行李的時間，距離班車出發不到半小時。等到劉醫師將中央靜脈導管放好，那一班火車也早就趕不上了。可是在那段錯失了班車的時間裡，劉醫師在阿勇的身上種下了希望，除了可以有固定兩條提供營養與藥物治療的途徑，另一方面也可以減少在孱弱肢體上打針抽血的頻率。總覺得如果少了那一線希望，阿勇就無法順利撐過危險期，即使度過了也很可能需要經歷更多的痛楚折騰。

聽診器第一次放在阿勇小小的胸膛上，就忍不住要嘆氣，這心雜音也太明顯了！結果不出所料，經過小兒心臟科劉醫師做了心臟超音波揭曉謎底：動脈導管、肺高壓、三尖瓣與二尖瓣逆流。早產不成熟的肺臟再加上心臟問題，阿勇生理監視器畫面的血氧數值每況愈下，呼吸器的給氧分率（$FiO_2$）也越調越高。終於，還是用上了呼吸器的終極設定——高頻震盪模式。八到十一赫茲的給氣速度，換算每秒打氣八到十一次，讓呼吸器發出類似蒸汽火車的聲響，常常讓我有一種在病人生命流逝軌道上奔馳的錯覺，彷彿醫療團隊正努力迎頭趕上急速開往惡化境地的列車。爭氣的阿勇與我們在彼此的合作之下，漸漸好轉，並依照手術後的計畫：一個星期就拔掉了氣管內管，用非侵入的鼻導管呼吸器，九十天完成脫離訓練計畫，轉出加護病房。

住院期間為了安撫因為病痛飢餓而哭鬧的他，我將調配抗生素針劑藥物剩下來的含糖點滴用奶嘴沾了，嘗試給他舔，看能不能哄住他。結果變成他的最愛，在住院的日子裡，不常笑的阿勇，偶爾會在吃飽或吸到「加料」的奶嘴而露出微笑。這在教科書上稱作「非社交性的微笑」，是無意義的，但是對我來說，這是上天透過孩子給自己的肯定，比美麗的彩虹還讓人感到驚喜和振奮。

阿勇轉來的第二天，主治張醫師替他做全身詳細評估，腦部超音波顯示腦室擴大、構造異常，當時還沒有度過危險期的阿勇，奄奄一息躺在嬰兒保溫處理臺上。張醫師對外婆說明不樂觀的病況之後，外婆與母親決定如果病情惡化需要急救，就不再給予電擊和心外按摩這些太過積極、會讓阿勇遭受巨大痛苦的措施。親人簽署了「不施行心肺復甦術同意書」，卻沒有讓阿勇減少求生本能，也沒有讓照顧團隊放棄和他一起努力邁向未來。

出生十天左右，阿勇左邊鼠蹊部開始出現凸起，起初要仔細看才能發現，之後愈來愈腫大，阿勇哭鬧次數也愈來愈多，為了避免可能因為疝氣造成腸子卡住的情況下，阿勇再一次進入開刀房。結果是睪丸扭轉，手術治療之後組織也被取下送出化驗了。

第二次手術後的夜晚又是我擔任主要照護者，阿勇以過高的體溫熱烈迎接我，心跳每分鐘一百七十到一百八十次，絕對不是因為開心是我照顧他而小鹿亂撞。為了釐清是否為感染引起的發燒，值班醫師打算抽血檢驗感染指數，當作提供抗生素治療的依據。想到阿勇的缺陷需要一輩子的悉心照顧，但是對他那缺乏完善支持能力，甚至是一般、小康的家庭而言，這個責任重擔都實在太困難了，忍不住嘆氣問了值班醫師：「我們這麼拚到底是為了什麼？他的未來，我看不見……」值班醫師溫柔地笑一笑，默默地開了醫囑和一疊檢驗單，而我也默默地執行我的職責。還記得抽完血之後對睡夢正酣的他說：「阿勇～你怎麼一波未平一波又起？也太坎坷了。我們一起加油啊！」豈知坎坷的還在後頭。半個月後，手術切除的組織病理切片結果是骨髓性肉瘤，惡性的！主治張醫師和外婆討論：考量他幼小虛弱的身體實在沒有本錢再承受化學治療，最後也只好走一步算一步，依著阿勇的情況調整最適合他的治療方案。

隨著日子一天天過去，阿勇克服了一道又一道的生命難題——腹裂修補了，雖然常常消化不太好，有嘔吐情形，但是至少不用點滴了。

長大了，早產的他雖然沒有辦法有平常嬰兒一樣的體重，卻也是一點一滴努力的累積。

心臟的問題在水分和藥物的控制治療下改善了。肺部不成熟到底撐過了最高階的呼吸器設定，連雙眼後來檢查都沒有過度使用氧氣的合併症。

尿崩的原因雖然後來的腦部核磁共振檢查，確認出沒有腦下垂體，沒有內分泌功能，但已被藥物有效控制住了。

血小板過低在連番的輸血和精細的照護下，完全沒有腦室內出血的問題。

除了被驗出來之前的組織發炎腫痛，惡性腫瘤的存在對阿勇來說似乎也暫時不是什麼大問題。

在各種磨難裡成長的他，同樣被照顧他的阿姨叔叔們心疼愛護著。欣阿姨送他會發出悅耳聲響的搖鈴；云阿姨帶來一個柔軟的布玩偶當他同伴，偶爾也變成他的「靠山」；柔阿姨出國旅行在異國賣場看見小巧可愛的娃娃裝，特地買回來留著，慶祝他出院的時候穿；常常當每一個阿姨都在忙的時候，阿勇如果哭了，醫師、復健師或呼吸治療師叔叔阿姨就會走過去哄他，給他遞奶嘴或抱他；連剛好在一旁清掃的阿姨都會隔空哄他幾句：「不要哭喔！等一下你阿姨就來了。」阿勇獨特的哭聲，讓某個夥伴形容說像是老爺車，可是千萬不能小覷這部迷你老爺車，他可是馬力十足！有時聽到他哭，完成手邊工作去哄他時，都會戲謔地說：「阿勇你又在環島啦！這次是到了哪裡呢？」他通常就會停下哭泣。印象最深的一次是阿勇哄也哄不停，所有方法都試一遍還是沒用，抱起他在病床邊走動的我，拉開窗簾，讓早晨六點的朝陽灑在我們身上和身後的病室，他終於停下了哭泣。理論上幼小的阿勇看不見遠方景物，我瞥了他一眼茫然的眼神，開始對他說看見的景物和希望：「有車車喔！要開到遠遠的、我們都看不見的那一邊，我們都要加油喔！有一天也去到遠遠的那邊……」

阿勇的來臨對家庭而言是個意外，早產加上腦部、腸道、內分泌、腫瘤各種問題，需要花非常多的心力照顧。無奈家庭支持系統單薄，社會福利機構也無法安置照料阿勇這麼特殊的孩子。經過幾次醫療團隊彼此之間協調和外婆的溝通說明後，家庭經濟支柱的外婆請了幾天假，帶著在學的母親排除萬難前來醫院學習照顧他。阿勇努力揮動渴望擁抱的肢體，讓外婆和小媽媽心軟，克服了對病弱阿勇照顧的心理壓力，生疏的照顧技巧在反覆的練習中有了進步，夥伴的讚美與阿勇吃飽、被擁抱、獲得滿足之後的安睡和微笑，漸漸讓她們明白並承擔這個甜蜜的負荷。透過細心指導之後，外婆和小媽媽歷經了層層考驗，夥伴認證了她們對阿勇的照護能力，讓阿勇在出生第一百零一天，回到屬於他的家庭。出院兩天後的返診沒什麼問題，半個多月後的清晨卻接到急診的轉診通知，阿勇可能需要我們再次的協助。只是最後，阿勇沒有上來他曾經曬著太陽看地平線的地方。他離去的通知，似乎是預留的告別儀式，也彷彿是提醒我：記得履行曾經給彼此的承諾。聽見你離去那一刻，窗外天空有美麗的朝霞，我把它拍了下來，記錄上天給你的勇敢所頒的勛綬。後來聽當天的急診值班醫師說，外婆原本想找主治張醫師，只是那天不是他值班，最後轉達了外婆的謝意：「謝謝你們對孩子的照顧。」

而我也要說：「阿勇，謝謝你和你的家人！」因為你們的勇敢與堅持，讓醫療團隊的我們在你們身上學到了許多治療照護以及溝通技巧，這些經驗將在之後的遇見裡發揮良能，完整其他的生命。也讓我真正得到了許多年來早已習慣了無解、但始終存在疑問的答案。我將帶著你給的答案，一步一步走向未來——那生死天地交界的地平線。

# 不一樣的十四歲

林淑緩 · 花蓮慈濟醫院社區健康中心

回想一下十四歲時的我們，都在做些什麼呢？在慈濟醫院婦產科，有個對我來說很特別的出院準備服務經歷，超乎我的想像、刷新我的三觀。當今社會大都是晚婚生子、或者只生一獨生子女、甚至是不生，但我協助關懷的一位二十六歲婦女，卻是擁有多次生產經驗的產婦，原本以為這是她的第一胎，但是她的生命歷程卻是我完全無法想像的，甚至讓我覺得就像是一部活生生的連續劇。

貝貝（化名）來自花蓮中部的鄉鎮，是家中長女，家裡主要經濟來源是靠著父親打零工賺取微薄的工資，而母親因為身患疾病無法長時間工作。那年她只有十四歲，對於這樣艱辛的家庭，想要擁有一個平凡的夢想卻顯得相當困難。求學期間，因為外表還算不錯，班上的男同學對她特別的好，常常幫她寫作業、買小東西送她，甚至還會給她些許的錢花，比自己的爸媽對她都還要好。

每到學校放假時，貝貝都會不顧家長的反對，逃家跑去男同學家玩，也因為大人都需要外出工作，男同學家中沒有大人在，彼此偷嚐了禁果。當時貝貝雖然心裡不太願意，但又覺得這個男同學應該可以幫助她脫離那個貧窮煩悶的家庭，且男同學家境比她好太多了，她感受到男孩或許可以保護她一輩子，也對於偷嚐禁果這件事情看得很淡，認為這沒什麼。而當貝貝發現自己懷孕後，才知道事情比想像中的麻煩。她不敢跟家裡的人說，告訴男孩後，對方也嚇壞了，告訴她一定要隱瞞，直到肚子痛到再也無法隱藏了，被男同學的媽媽發現後緊急送到醫院，一個孩子就這樣子呱呱落地出生了。貝貝的爸媽接到通知時，震驚到不知所措，從來沒想過自己的孩子會這樣子，總是全心全意想辦法賺錢養家，卻忽略了對孩子的關心及照顧。

貝貝家中經濟本就勉強糊口，爸媽原本生了三個孩子，但因無力照養，只能將第三個孩子送給別人領養，這次貝貝未婚生子，男方家裡又不願意承擔，現在多了一個孫子，父母都對貝貝相當埋怨，甚至說出為什麼要生一個野種來成為家裡的負擔。

貝貝的嬸嬸無法生育，當她知道這件事後，就跟貝貝爸媽商討想要領養這個孩子，爸媽看到弟媳熱切的心，又可以解決家裡困難，便同意由嬸嬸來認養孩子。而貝貝生了孩子後就再也沒有回到學校讀書。她的父母藉故不想管她，讓她自己想辦法，貝貝就在男友家住了一段時間，還不從男友身上學會了喝酒、抽菸等壞習慣。兩個尚未成年的青少年，還不清楚自己的人生該如何前行，就生了孩子，還染上不良嗜好，因為沒有學歷沒辦法賺錢，男方家人也開始排斥貝貝，造成了兩人紛爭不斷，甚至常常大打出手。

貝貝無法回家，只好不斷的以自己理解的不成熟的方式生活著；但是待在男友家裡無事可做，又接二連三地生下老二跟老三。貝貝也在懵懂中學習如何當媽媽，自己還是個孩子就要開始試著餵母乳、照顧孩子，還要想辦法餵飽自己和孩子。同居男友也沒去賺錢，每天在家裡睡覺，對貝貝大呼小叫，甚至動手毆打她，這情況對貝貝來說，這比原生家庭還要痛苦。於是，在第三個孩子還未滿周歲時，十八歲的她毅然決然地逃離家庭出走到臺北。人生地不熟的她開始過著當洗頭妹的日子，打工兼食宿，每天從開店洗到關店，還要幫老闆娘整理環境，以換取一口飯的微薄薪資，但對貝貝來說，這個環境比以前的家好多了，可以賺錢，還可以打扮得漂漂亮亮地，不用成天聽著孩子哭鬧。

深邃的雙眼加上曼妙的身材，貝貝吸引不少男客人的眼光，成為店裡最搶手、拿最多小費的洗頭妹，每天下班貝貝都會收到眾多男客人的邀約，使她天天無酒不歡，甚至最後就不回店裡，開始了與第二任男人同居的生活。

貝貝自認為懷孕是抓住男人的最佳方式，於是跟同居男人陸續又生了三個孩子，卻因男人工作不穩定家中開銷又大，日子越過越艱辛時，貝貝就又覺得為什麼自己總是落入同樣的世界，於是她開始想家、想著部落，過不了多久，她就又拋棄三個年幼的孩子離開了臺北。那一年她二十四歲，回到原本生長的部落，偷偷的看到自己親生的大女兒長得很漂亮也已經上小學了，嬸嬸把她照顧得很好。她也偷偷去看了另外兩個孩子，發現他們被阿嬤養得很健康，第一任男人身旁則多了一位女主人。貝貝默默地回到家鄉後，找了一個僻靜的地方開始打零工賺錢，後來因為嬸嬸發現，在瞭解貝貝的境況後，同意貝貝搬到嬸嬸家隔壁，可以就近看見大女兒，所以大女兒也常常會跑去她家玩。

在打工的這段時期，貝貝遇見了第三任男人，也是一個老實人，他很認真地工作也熱情追求貝貝，最後兩人決定結婚，其實他才是貝貝法律上第一個合法丈夫。進入婚姻之後，跟丈夫一起打零工，陸續也生了兩個孩子，但丈夫動不動就打她跟孩子出氣，貝貝驚覺婚姻已經漸漸步入之前的生活模樣，她擔心自己跟孩子的安全，最後以離婚收場，帶著兩個孩子回到了原生爸媽家裡。

爸媽雖然很久沒有見到貝貝，但終究是自己的女兒，孫子也大了，就同意貝貝帶孩子一起回家。貝貝在後續的工作中遇到現任男友，男友非常喜愛孩子，對於貝貝之前的種種也願意接納與諒解，這位男友也是她這次生產寶寶的父親，兩人滿心期待寶寶降臨，但卻發現這個孩子有唇腭裂，這也是我第一次親眼看到唇腭裂寶寶。關懷貝貝的過程中，發現她毫無喜悅，總有種滄桑感（可能是因為經歷過太多的困難吧），最後還決定要結紮不要再生小孩，避免自己再犯下同樣的痛苦經歷，但現任男友不同意，他希望能夠生兩個孩子，才算一個完整家庭，最後貝貝同意一起面對未來。男友也希望貝貝能戒掉壞習慣，這樣才能有健康的寶寶。而出院準備服務護理師給予貝貝及寶寶出院返家後的準備注意事項，幫助貝貝面對後續更多的挑戰；貝貝還笑著說：「以我身經百戰的經驗，應該不會有問題吧。」

然而在協助與關懷貝貝過程中，其實回想自己在十四歲時過著每天讀書、準備聯考的日子，但她已經是生下一位寶寶的母親，歷練過不少人情冷暖、困頓流離，使我覺得自己真的很幸福、也很感恩，在慈濟的大家庭中工作，讓我更深的體會感恩、尊重與愛；聽了貝貝的人生經歷，讓我深深的思考在貧窮家庭中的無奈與現實。就如小時候我很討厭自己的爸媽，因為他們總是每天工作、再工作，家裡從來沒有出現過零食這種東西，每天放學回家肚子餓就是白飯加醬油，稀哩呼嚕吃完就必須開始幫忙牽牛去田埂吃草；去田裡幫忙爸媽端草盆倒在馬路上曬乾後，再聚集起來堆肥，有時需幫忙清理雞舍糞便、去大水溝撈布袋蓮回家給阿嬤切塊餵雞、鴨吃。我總是向母親抱怨，為什麼同學都不用在田裡幫忙做事，媽媽給我的回答總是，那妳去做他們家的小孩啊。我開始幻想我要離家出走，最好有人可以收養我，我不想要繼續待在這個家……。嘉南平原的田埂上有我許多童年的回憶，甚至我曾經對著中央山脈說，以後我長大後要住到山的對面去（老實說我根本不知道對面是花蓮）。

隨著年紀漸長、國中畢業後，雖然家中經濟狀況仍然不優渥，但爸爸堅持讓我繼續升學，我也離開了嘉南平原上那間三合院的平房，在臺南展開護理學習生涯，進入城市，接觸了許多人事物後才驚覺，自己的爸媽原來是這麼認分的生活與愛著我們五個孩子。學識不高的他們用盡了所有才能賺錢栽培我們，我後悔當初對著媽媽說出對這個家的失望與抱怨。畢業後我將賺的薪水只留少部分做為自己生活開銷，其餘絕大多數全給了爸媽，這是我想到唯一可以報答父母親栽培的恩情。因為結婚，自己搬遷到花蓮落地生根，進入慈濟醫院長達二十二年，透過工作中使我領受到許多人間苦，致使我更珍惜自己所擁有的。看到貝貝的人生歷程後，非常感恩我的爸爸堅持讓我受教育，甚至離家讀書時，爸爸還三令五申的交代，二十歲以後才能交男朋友，不可以發生性行為。

從貝貝一進到醫院的那一刻，她開始信任我，和我分享她的生命，她說從不曾有人願意聽她說這段歷程，她也不太願意去回憶那些過往，因為全都是痛苦的記憶，總是想要遺忘，但是因為太刻骨銘心了，所以沒辦法忘卻。陪伴她走過的每一個日子，談天說笑，和她從陌生到熟識、和她一起為寶寶擔心祈禱的每一個時光，我都是真心希望貝貝在住院的這段時間，能夠有個美好的回憶，讓她住院這短短的時間裡得到她所需要的一切資源，甚至讓她學習到，如何好好照顧自己。不同的環境會造就不同的人生和境遇，我不知道世界還有多少個像貝貝一樣的人，但也衷心的祈禱每個像她一樣境遇的人，都可以遇到她們生命中的「好天使」。

# 「勇」不止熄

余美慧．花蓮慈濟醫院護理部合心11樓病房

生命並非永遠是晴天，更不可能永久停留，有時老天偏偏不會讓我們那麼稱心如意、能很自在地活著，把一切事情都打理得很好，日子過得風平浪靜。人生中充滿著變數，逆境往往會不請自來。生命是一條艱險的峽谷，只有勇敢的人才能通過。

## 乘風破浪，「勇」往直前

這個從加護病房轉來的三歲小女孩宣宣，因氣爆造成全身面積百分

之九十的燙傷，小小的身軀隻身半臥在病床，全身包覆著紗布只露出小臉蛋，伴隨著多條醫療管路，難以想像宣宣經歷了多少病痛折磨，身上承載著偌大的傷口，居然可以不哭不鬧，淡漠的表情更使人心疼不已，心中不禁感嘆：「妳才三歲……怎麼辦？」隨之而來的是更多的疼惜。我也有相同年紀的孩子，他們是如此的無憂無慮、天真浪漫、幸福快樂，而宣宣卻因這次意外失去原有的幸福笑容。在最純潔的成長階段，這個孩子被迫未來將帶著被火吻的傷痕成長，瞬間感嘆命運是如此的無常，無常對於無辜的小生命一點都不手軟。

台積電董事長張忠謀說：「沒有一個人的生命是完整無缺的，每個人都少了一樣東西。不要再去羨慕別人如何如何，好好數算上天給你的恩典，你會發現你所擁有的絕對比沒有的要多出許多，而缺失的那一部分，雖不可愛，卻也是你生命的一部分，接受它且善待它，你的人生會快樂豁達許多。」然而，許多人的故事也從不完美開始。在親手揭開紗布下的真面目後，不難想像宣宣在加護中心的三個月，多少次與死神擦身而過。同時，也想著自己可以為宣宣做些什麼？

## 「不」怕，我們都在

每當將換藥車推到病房，「阿姨妳要幹嘛」、「我不要換藥」、「我不要拆紗布」、「我要包起來」、「好痛」、「放開我、不要抓我」弱小無助的宣宣大聲哭喊、身體扭動反抗似乎成為換藥日常。照顧初期，很害怕一個脆弱的生命會突然從自己眼前消失，或許是因為意外造成的創傷及對新環境的陌生，每次換藥時，總是哀求身旁的阿嬤叫我們可不可以不要換藥。

為了轉移宣宣對換藥的恐懼，換藥前播放宣宣最喜愛的佩佩豬卡通，換藥時進行每一項動作前都先說：「阿姨現在要幫妳拆開外層紗布好不好？」同意下才進行。對宣宣說：「幫忙阿姨撕膠帶好嗎？」讓她有主動參與的機會，即使言語透露著抗拒，但小小的身軀仍能勇敢的面對傷口換藥時帶來的疼痛。

## 愛，無「止」盡

「佩佩豬最可愛，我最喜歡佩佩豬了！」宣宣嘟嘴討喜的說著，我們畫了許多宣宣喜歡的卡通人物擺放在床頭上、放置宣宣最喜愛的佩佩豬玩偶，將病房布置成屬於宣宣的基地，記得有一次大家一起陪宣宣捏黏土，宣宣說：「我想要哆拉A夢。」在大家七手八腳下捏出四不像的哆拉A夢，逗得宣宣開懷大笑。同時也藉由遊戲治療，如：捏黏土、角色扮演等遊戲協助肢體關節復健，經常鼓勵宣宣，和隔壁鄰床阿姨在宣宣每次治療後拍手說妳最棒，給宣宣溫暖、愛和力量。大家用心的付出與陪伴，包括醫護人員、復健師、院內及陽光基金會的社工，還有許多相同遭遇的病人都一一給予祝福及鼓勵，或許是宣宣感受到並非獨自面對病痛，身邊有無數人的關心及呵護，終於綻放久違的笑容，讓人感受到滿滿的幸福。

「阿姨妳看我有佩佩豬！」「阿姨請妳吃！」「好！阿姨沒有發燒喔……」拿著玩具體溫計量護理人員的額頭，稚嫩可愛的童音令人融化。永遠忘不了宣宣那牽起護理人員的小手安穩睡著的畫面，原來我們在不知不覺中已成為了宣宣的依賴。從無法正視護理人員、拒絕醫護人員的觸碰，到後來可以與護理人員玩耍、分享，甚至主動配合換藥，自己移除傷口的紗布，還在過程中做出逗趣的表情、嘟嘴撒嬌逗大家開心，讓病房充滿了笑聲。面對生命的挑戰，妳戰勝了巨浪、苦澀與絕望，令人深受感觸，面對眼前的打擊，若戰勝它，便是經驗而非失敗，它將成為人生中的一小部份，過了關卡，往後的美景，往往遠超出你當時的想像。

## 祝福與感恩

「宣宣，想不想回家，下禮拜可以準備回家囉……」醫師查房這麼說。

「阿姨，我要回家了！耶！」宣宣開心的手舞足蹈。

歷經了半年，活潑堅強的宣宣經歷了多次的清創及植皮手術，從體無完膚到安然無恙，傷口的狀況漸漸穩定下來，這之間的功勞不只有醫療團隊，最大的功臣是來自妳內心強大的勇敢。醫護治療的同時，也見證了妳的成長，不論是在生理上或是心靈層面，進步得非常神速。意外的發生就註定會有失去，但獲得了更多人與人之間的情感、來自陌生人的祝福及溫暖、同齡孩子沒有的勇敢與堅強，更多了一份突破自我的本事。不論換藥、復健，需要克服的不只有生理上的疼痛，還有存留在內心裡的陰影與恐懼、陌生及不安，妳都逐一的衝破這些阻礙，小小的身軀看似不堪一擊，實則刀槍不入，真是生命力強韌，讓人震撼的小丫頭啊。

踏出醫院之後將會是新的旅程，祝福在未來的路上，能保有應有的純潔及快樂，不讓這些痛苦的回憶，使妳對未來充滿疑惑及不信任，希望不要因為身上的疤痕感到沮喪，身上的傷疤都是妳勇敢的證據，更期待在未來的路上能健康快樂的成長，擁有更強大的勇氣去帶領妳走向未來的道路，繼續做個樂觀開朗的小天使，成為更好更溫暖的人。

## 惜日情誼 永存心中

上人說：「苦難是一堂寶貴的人生課程。」在宣宣身上不僅僅感受到生命的無常，體會更多的是生命的可貴，宣宣擁有的勇敢與不畏懼是我沒有的，讓我見證了一個小小的生命，小小的靈魂卻有著大大的力量！生命就像是可怕的深淵，只有內心強大且勇敢的人才能通過，而宣宣就是那位英勇的小戰士，驕傲地笑著勇敢。感恩護理讓我學習到多付出一點點愛，可以讓自己、病人及家屬甚至讓更多的人變得更美好，我想這就是護理最大的價值與成就。

孩子，或許有天妳會忘了我們，但我們會永遠記得有個這麼剛強的生命。

# 愛是人間最好的藥

江琇利・台北慈濟醫院護理部13B病房

在一個陰雨綿綿的下午，我輕敲病房的門，沒有人回應，於是我開了門，發現沒有燈，病房內只靠著窗外被烏雲遮蔽的太陽散發出的餘光，能稍微看清病室內的狀況。裡面有一位坐於床沿的女性，她背對著我，一動也不動的看向窗外的雨，病房內一片寂靜，只有氧氣使用的聲音以及窗外的雨聲。我靜靜的看著她的背影，感受到她內心的病痛與絕望，我打破沉默揮著手說：「嗨！小愛，我是今天照顧妳的護理師，妳今天還好嗎？」

她轉頭緩緩的看了我一眼，又沉默不語看向窗外，我接著再說：

「小愛……我可以開燈嗎？我想看清楚妳一點。」小愛沉默許久後點點頭，我走至她身旁將燈打開，看向她的側臉，沒有任何表情的望向窗外的雨天，這時她開口說：「我大概離死亡愈來愈接近了吧？」說完她轉頭看向我，我看著她臉上的淚痕以及哭腫的雙眼，她的話讓我感到前所未有的絕望，像是墜入無間地獄，做著毫無用處的垂死掙扎。這時我腦子一片空白，心疼到一句像樣的關心都無法輕易說出口，感覺隨便一句話都能讓她徹底崩潰，我不禁回想照護她的過程與她所說的話……

她叫小愛，一位四十八歲已婚女性，有一個快要高中畢業的兒子，是長期因為心臟疾病伴隨心衰竭來住院的老病人。還記得那天剛入院的她，躺在小床上，高坐臥，乾乾的長髮、擁有五官立體的臉，卻配上圓滾滾的大肚子，雙手雙腳嚴重的水腫似象腿一樣，全身皮膚暗沉，手壓著氧氣面罩，呼吸時明顯感覺肋骨的凹陷，困難呼吸的模樣。經過積極的治療，使用了強心針及利尿劑後，狀況有逐漸改善。

病況看似穩定的某一天，正在做治療時，小愛說：「我剛回想以前一路走來的路程，一切很不容易，從第一次發病到確診，過程中我也去找過第二諮詢，試著去了其他家醫院，在其他醫院感受冰冷冷毫無互動的治療。那天晚上我哭著跟我先生說讓我回慈濟，因為慈濟有慈悲心讓我充滿溫暖，也有像你們一樣的家人會陪我、給我力量。」然後小愛拿著以前照片，用自嘲口吻笑著說：「我以前很漂亮吧？看看我現在的樣子判若兩人，根本一個化妝前、一個化妝後。」照片裡的小愛，大大雙眼皮，長長的睫毛，塗著玫瑰色的口紅，細白嫩肉的皮膚，穿著露肩小洋裝，戴著一頂大大的遮陽帽被先生一手抱住的她，真的很漂亮。還記得我當時望向現在的她，真的能明白她身體形象改變給她帶來的痛苦。

我一回神，發現小愛雙眸正在注視著我，我小心翼翼的問說：「是什麼事情讓你會有這樣的想法呢？」小愛看著我說：「我逐漸意識到病情所帶來身體的不可逆、不穩定及不安全。我一直用我看起來堅強及瀟灑的性格，來掩藏我對疾病的恐懼，但我其實很清楚我有一天會走，堅強大概是我這輩子說最多的謊。我最放不下的是，我兒子才快滿十八歲，他的青春正開始，卻快要沒有媽媽，我不能陪著他成長，我真的沒辦法接受。面對死亡，真的很難，就像在未知的世界裡，身體內的靈魂被抽出的那種痛苦。」看她面對死亡的無助與害怕，我不禁思索，應該怎麼幫助她，我開口說：「我知道你的痛苦與無助，不用擔心，我們都會陪著你。」看到她勉強擠出的笑容，我告訴她：「不要擔心，我會陪你一起面對。」我走出病房，跟同事討論要怎麼幫助她，爾後在每一次的治療，我都會陪著她聊天，一起回憶以前過往的事蹟，請她兒子多來陪她，也會在她病況允許的情況下，推她去佛堂繞繞或是花園走走。

直到有一天，小愛被醫生宣布「病危」，我走到小愛的床邊，小愛雙眼流著眼淚看著我，用她虛弱的聲音告訴我說：「其實我們都只是陌生人，在這世界上我們的生活毫無交叉點，但我很謝謝在慈濟遇到了你們，你們總是用家人角度關心、鼓勵且陪伴我，用多餘的時間陪我聊以前的事、看以前的照片，及跟我分享心衰竭的飲食有什麼可以做調整。知道我愛旅遊、跟我分享去旅遊好笑事蹟，體諒有時候我對病情的變化而情緒不穩定，但你們卻都不在意，甚至比我自己更在意我任何的感受，讓我覺得死亡沒有這麼可怕；因為有你們讓我變得勇敢，愛讓我感受到生命的溫暖。」聽完她的回饋，我很感動也很欣慰，這段時間醫護團隊的努力，她都有感受到。

最終小愛還是在病情惡化中死亡了，還記得死亡前她對我們說的最後一句話：「記得不要救我，因為我知道你們都會在我旁邊，該交待的我都謝謝你們，因為有你們陪我走最後一程，我很開心。」還記得她是在她先生懷裡斷氣的，旁邊有她最珍愛的兒子以及其他家人們，走得安詳。我們替她整理儀容，換上衣服，陪她走完最後一程，小愛面目慈祥。隨後她先生邀請我們去參加小愛的告別式，在告別式上，看見她先生含著眼淚對我們深深的一鞠躬，眼裡滿是對我們的感謝，我心想小愛一定在看著吧！

告別式結束後，內心充滿著感動，淚水不爭氣的流下。在急性病房的我，在小愛的這個過程裡學習道謝、道愛、道歉、道別，四道人生的習題；希望小愛到另一個世界裡能不痛了，也打從心裡佩服小愛的勇敢。這一切都將是我護理生涯中最寶貴的經驗，讓我想到上人說過：「救人之路即使寸寸難行，也要步步堅持向前；愛不計力量，就有無限力量。」也希望我的這份愛也能稍微帶給失去小愛的親友們一點力量！

# 陪你走過的那段路

林庭彰・花蓮慈濟醫院護理部合心七樓

「哈囉！這次也是進來打化療嗎？」她是病房的常客，從二〇一九年開始，每個月都會來報到一次，每次陪她來住院的，都是她的先生。她和先生沒有生小孩，所以過得還算自由，只是因為意外的血尿，讓她幸福平凡的生活開始有了變化。

一如既往的，每次住院都是要來做化學治療，但她的癌細胞卻沒有放過她。她的輸尿管開始不時的阻塞，為了避免腎臟水腫，醫生只好在她的腎臟放一條像豬尾巴的引流管，只可惜她的膀胱也無法脫離癌症的魔掌。決定手術前，某天晚上，我發藥給她時，她分享了目前為止整個治療中的心得。她說，化學治療的療程很痛苦，副作用接踵而來，那時的她覺得好累、好辛苦，可是她咬緊牙關，硬是撐過去了，終於做完整個療程。看著她，就像看著一個很勤奮、很努力的學生完成了她的作業。但接下來的她，卻要面臨是把原本的膀胱拿掉，取一段腸子，做一個人工膀胱。她很害怕、很焦慮、很緊張，她問我：「一定要做嗎？」她的主治醫師李醫師，是我們科裡面數一數二很溫柔的醫師，醫師慢慢的、細細的向她講解說明；她的專師是我們的資深學姊，一個非常有同理心的人，也和她侃侃而談，卸除她的緊張。

有天晚上，她例行性返診檢查，卻發現尿液細菌感染而住院治療。我問她對於手術有什麼想法，她回我她很緊張、很害怕，不知道到底要不要手術。她知道先生希望她手術，媽媽也要她手術，她也知道現在面臨的一切，都是要幫她，可是她很猶豫。她告訴我，她很愛漂亮，不想身上多一個洞口之外還要貼著一個袋子，並且多一根管子，這會使她不敢出門。她覺得現在的自己很沒用，以前的她是一位認真、勤奮的老師，教導學生歷史相關知識，現在的她卻一無是處，每次都要麻煩先生陪她來醫院，還讓媽媽擔心、讓先生操煩，看起來就像個累贅。

我告訴她，每次你來住院，看得出來你的先生很愛你，他總是幫你跑腿、處理生活瑣事，臉上卻從來不曾出現不情願的神情，反而很有耐心的去完成你所交待的任務，從來沒聽過你們吵架或是口氣很差，還常常看你們相談甚歡、侃侃而談。當我說到這裡的時候，她很害羞的笑著，先生也掛著微笑在一旁邊默默的看著她。然後我繼續說，我知道可能有人會說，你的媽媽這麼愛你，你的先生這麼愛你，她打斷我說她知道因為家人愛著她，所以有了想動手術的念頭，可是她就是害怕，所以我分享了這陣子某位病人的病情來鼓勵她。

那位病人腰背痛很久，看了醫生、吃藥後都沒有效果，做了詳細的檢查才發現，他腎臟有一顆腫瘤，可是這位病人的腫瘤類型，是腎臟腫瘤分類中的萬分之一類型，幾乎沒有其他病歷，而且很難治癒，病人的主治醫師告訴他大概只剩半年的壽命。這時候的她兩眼瞪大的看著我，她沉默一會，嘆了一口氣後跟我說，她有個學佛的朋友告訴她，每個人生下來都有自己的功課要做，現在可能就是她的作業增加了，需要繼續努力了。她問我：「那你覺得我要開刀嗎？」我看著她，心裡掙扎了一下，因為對於我來說，我覺得這個刀開下去，一切都是未知數，但我相信我們家的醫師，我相信我們與病人一起努力，或許未來可能會不一樣。但我是個護理人員，我不能幫病人做任何決定，我只能支持她的決定，然後給她護理上相關的訊息還有心理上的支持。所以我跟她說：「有些人，有機會做選擇，但他沒有把握機會；有些人想做選擇，可是他沒有機會。」她低下頭開始沉思，五分鐘後，突然抬起頭來告訴我，「我知道了，我會再想想。」

過了一陣子，上小夜的我在病房裡遇到她，我驚訝的問她，妳怎麼來了？她自信滿滿的跟我說：「我決定要手術了。」她說因為我的那句話：「有些人有機會選擇，但有些人卻連選擇的機會都沒有。」她想把握機會，也希望這次手術後能回到自己想要的生活，我笑著問她：「那你真的做好準備了嗎？」她說她準備好了，不僅僅為了自己還為了她的先生、媽媽。她的先生明年就能請假，可以有半年到一年的時間好好陪她。我看著她，眼裡充滿希望。

手術後，考驗來了，術後的疼痛讓她生不如死，迴腸造口的存在又是另一個考題，主治醫師、專科護理師還有我的同事們，努力的解決她的問題，傷口疼痛，給她常規的口服止痛藥或是趕快打上止痛針；造口的問題，我們有造口護理師，每日的陪伴與指導，然後順利出院了！

過了一陣子，她的名字又出現在我們的病人清單，原來手術後的合併症發生了，她的腸子阻塞了，伴隨著噁心、嘔吐等症狀接踵而來。我們陪著她，給她鼓勵、加油打氣，好景不常，癌細胞蔓延了出去，轉移到了整個腹膜還有肺部，情況每況愈下，我們積極的幫助她、陪伴她，盡我們最大的努力。過程中，我看到她的先生，沒日沒夜的陪著她，當病人喊痛時，她的先生會客氣的告訴我們幫她打止痛針；她想吐的時候，她的先生會走來護理站請我們給她打止吐針；她肚子脹的時候，我們會拿棉棒沾上薄荷油，然後由她先生協助她塗抹在肚子上；當她吃不下的時候，我們掛上靜脈營養輸液為她補充水分及營養。

時間分分秒秒的過去，來到過年前夕，病人大多時間都躺在床上休息，但她告訴我們，她想回家過年，身上的鼻胃管、人工血管等，都需要教導先生回家後的使用、照護方式及注意事項，終於病人如願回家過年。過完年後，病人又回來住院，這時的她看起來好累，呼吸時總感覺快喘不過氣，鼻導管戴上去，總算比較有起色。病人會診了家庭醫學科，有安寧緩和團隊來共同照護，定時給予病人止痛針劑緩解她的疼痛。最後，我沒見到她的最後一面，聽副護理長說，她走的時候很安詳，沒有任何不舒服的感覺，她的先生在病人往生回家後的隔天，還特別的向我們致謝，這是我進入職場五年來，陪伴過最真、最深的一位病人。對於她有很多的回憶，有時候我跟她分享一些家屬和病人的抱怨時，她就會說：「怎麼可能！合七的護理師很好欸！你們這麼用心！我很慶幸我住院的時候是住在合七，而且李醫師、江醫師、卓專師都很好、你們也都很好，只是我有時候口氣很不好，這我真的很不好意思！」這一點小小的回饋，讓身為一位護理師的我去思考，究竟我們還能為病人做些什麼，每天除了日常的醫療、護理處置，看著那一行又一行的醫囑以及背得滾瓜爛熟的護理衛教之外，我們還有什麼？

「菩薩心隨處現，聞聲救苦我最先」，這是我們花蓮慈濟醫院護理部的宗旨。我們以病人及其家庭為中心，結合其他醫療團隊成員，提供病人身心靈完整的人性化照顧，讓我們的使命不只是疾病的照護，還有其他層面的幫助，這才讓我明白，什麼是「護理」的價值。

第五部

# 悲欣交集 天使心

# 善意的謊言

傅進華．台中慈濟醫院神經科

不知道，當一個人遺忘自己摯愛的親人已經往生了，會是一種傷痛的解脫？還是另一層內心的折磨呢？這故事，要從一位六十多歲的師姊講起……

大約是三年前吧，一位身穿慈濟制服的師姊走進我的診間，她說近來很容易健忘，常常無法確認有沒有收齊功德款，也經常把金額弄錯；組長交代的事情，總是做不好或是遺漏了，她很擔心自己是否罹患了失智症？

當我還在跟這位師姊詢問病情時，一位師兄走進了診間，示意說是這位師姊的丈夫，於是他也加入討論。說他的妻子近來一直睡不好，因為很容易健忘，所以變得愈來愈膽小，也常常在廚房發生一些小意外，更令他困擾的是，冰箱內同樣的物品一直重複的買，很多都放到過期了……

經過幾次門診的追蹤與檢查後，師姊的確罹患了初期的退化性失智症，也就是阿茲海默症。往後一兩年，每次都是師兄帶著師姊回診，看他們倆鶼鰈情深，令人羨慕。師兄一直是位溫暖的靠山，輕聲細語地呵護著師姊，全家人也給了她滿滿的關愛，讓原本膽小的師姊，不因失智症的病情讓她更加的退縮與絕望。

阿茲海默症目前沒有治癒的方法，只能靠藥物延緩病情，師姊的病情也慢慢的進展到失智症的中期了，她變得有點猜忌與妄想，也變得無法獨立自我照顧。我曾經建議師兄可以讓師姊參加失智症據點的課程，或是社區長照中心的活動，藉此與藥物的相輔治療，更能延緩病情的退化。但無奈師兄家中經濟狀況不允許，他必須工作賺錢養家，因此沒有多餘的人力可以陪伴師姊，也無力申請看護來照顧她，又深怕她出門走失了，白天就只能讓師姊獨自留在家裡。

時間像思緒般，稍不用心就悄悄地流逝了。雖然師兄還是定期帶著師姊回診，但就如同面對眾多的失智症患者一樣，我的幫助與治療，總是趕不上無常的變化，而顯得那麼微不足道，不知道過了多久沒有再見到師兄與師姊了……

## 再次相見

這天門診，神情漠然的師姊出現在我的診間，但是帶著她的不是師兄，而是一位年輕人。我關心著師姊，急著詢問她怎麼有半年都沒有回診？還有師兄怎麼沒有跟著來？這位年輕人又是誰？這一連串的問題，應該嚇到了師姊，她本能地退了幾步，雙手緊握著那位年輕人。我竟然失態地忘了她是位失智症患者，也亂了身為醫師的分寸，這樣的態度的確會驚嚇到她，我趕緊收拾一下情緒，也期待我的問題可以獲得解答。

「我的父親往生了。」年輕人神情哀傷地說著！

頓時，診間內一陣靜默，我的腦海裡回憶起師兄溫暖又堅定的神情，只是無常來得令人措手不及呀！年輕人繼續說著，他的父親因為急性心肌梗塞，住院治療急救後無效，在三個月前已經往生了。因為突如其來的變化，家裡一團亂，又要忙著處理後事，所以耽擱了母親回診的時間，他覺得很抱歉，很・不・應・該……。突然，一個大男孩在我面前哭泣，我有點不知所措，還好貼心的護理師趕緊遞了張面紙給他，安慰地拍拍他的肩膀，鼓勵著說，讓我們一同努力來照顧他的母親，這時才把大夥的心思拉回面對師姊的問題。

我撇過頭輕聲地詢問男孩，師姊是否知道師兄往生的事？他的回答卻充滿不確定。事實上師姊經歷了師兄的喪事，理論上應該知道師兄已經往生了，但有一天晚上，她竟然問起師兄為什麼還沒下班回家？還有一天早上起床，她又提到師兄怎麼這麼早就出門工作了……種種現象，讓人懷疑師姊是否真的遺忘了師兄已經往生了這件事。

我建議這個大男孩，不一定每一次都要告訴師姊事實真相，失智症患者的情緒很容易受到影響，而陷入憤怒與憂傷；同時，他們也很容易遺忘眼前的事情，有時候善意的謊言更可以安撫他們，例如可以回答她，師兄出差外地工作，幾天後就回家；或是他出門買東西，等一下就回來等等，然後轉移她的思緒，陪著她散步或購物，跟她聊一聊愉快的往事，這樣或許可以暫時地撫慰她的不安。不過，有時候卻必須很誠懇的告訴她，師兄已經往生的事實，打破她的妄想。

大男孩有點疑惑與無助地望著我，我拍拍他的肩膀說：「我知道照顧失智症長輩這件事，對毫無經驗的你來說也許很困難，在沒有受過完整專業訓練的前提下，有時只能隱瞞你的父親已經死亡的事實。你的內心一定十分煎熬，但你現在是媽媽唯一的靠山了，你要堅強，幫你的父親繼續保護她，讓她無罣礙的走完人生最後一程，醫護團隊、慈濟基金會、社福體系與長照資源，都會是你的後援，我們一起努力吧！」

## 不想忘記他

師姊例行性的回診，再見到她時，她顯得更木訥，動作也緩慢許多，陪伴師姊的不再是師兄，而是位溫暖的大男孩，他輕聲細語、略帶靦腆地呵護著她。

這時，師姊突然示意要她的小孩先迴避，她想要單獨跟我說話，待男孩離開診間後，師姊突然說了一聲：「我不想要忘了他！」接著她又支支吾吾的說著：「我知道我的師兄已經往生了，但有時候我真的忘了這件事，小孩跟我說他的父親出差時，我還信以為真；但有時候，我就會記得他因為心臟病往生的事實，然後一個人默默地掉眼淚，但一下子又忘了我為何而哭，我好恨這樣的我喔！只是我不想讓孩子擔心，雖然有時候會記得真相，但我不會說出來，因為我不希望小孩為我擔心，我也想把我的師兄深刻地記在腦海裡。不過，最近我發現我愈來愈想不起他了，我不要忘記他，醫師你可以幫幫我嗎？可．以．嗎？」

聽著聽著，不爭氣的淚水失控的滑落嘴角，這是失智症患者短暫清醒時深情的懷念，而我除了深受感動外卻無能為力。望著滿懷期待的師姊，我強忍著淚水，答應會幫她調整藥物，希望可以延緩她退化的速度，我也會努力讓她記得師兄的好，要她別擔心。同時，我也要師姊好好照顧自己，因為師兄一定很希望可以看見她每天都很健康快樂，而不再是愁容滿面……。只是我的內心卻不斷地祈求師姊的諒解，因為我知道，這又是另一個「善意的謊言」。

不知道是哪位作家說的：「遺忘是一種好幸福的殘忍。」的確，面對逝去的幸福、失去的摯愛，誰不曾渴望「遺忘」的解藥，但這遺忘的藥方究竟是救贖，還是折磨呢？師姊因為疾病導致了「遺忘」，才能短暫地忘記與她結縭四十年的丈夫往生了的這種痛，但這堆疊四十年的情感，真的不是那麼輕易就能夠擺脫與遺忘的，看著她對逝去的摯愛那種時有時無而又殘缺的思念，反倒叫人覺得不捨。不過，人生無常，積極把握當下，練習適度的遺忘與擺脫我執的能力，才更能有機會去布施與利他，而這般的省思，是師兄與師姊以他們自身的故事教會我的事。

# 靈魂的悲傷膚慰

鄧湑勻 · 花蓮慈濟醫院護理部心蓮病房

「陳媽！陳媽！」昏暗的角落蜷縮著一個瘦弱的身軀，我們靠著門邊呼喚著，深怕她一不小心翻落在那邊角的沙發下，旁邊沒有任何人，只有一口咬過散落的米餅，觸手不及的那杯水，這是我對這個病人第一次的印象……

身為安寧居家護理師，大概也習慣這樣的景色，到了個案家中，不免要擔心疾病末期的病人的生理狀況，也要擔心他們的起居照護。

「陳媽妳好，我們是慈濟醫院的安寧團隊，妳還好嗎？有沒有哪裡不舒服？」陳媽微微的轉過臉來，化療後稀疏的白髮襯著無血色的皮膚，眼神都無法對焦，似乎連有人進門都不知道，迷迷濛濛的對著我點了個頭。還好事先聯絡過做看護的女兒，不然我可能變成私闖民宅了！「陳媽，我先幫你量個血壓跟氧氣喔！妳的腳很冰，腳也都水腫了，會不會痛呀？」我摸著像麵龜一樣腫的腳背，拿起精油熟稔的按摩起來，空氣中瀰漫淡淡的薰衣草香，沉靜的家裡也瞬間有了生氣。可能是醒了，陳媽終於說話了！帶著氣音小聲的說：「這裡痛！會喘！」醫師輕柔的聽診，仔細的聽被腫瘤侵犯的右胸，那凶猛的癌症，讓陳媽沒辦法吃、沒辦法好好喘氣，把化療十幾次的陳媽折磨得連說話都沒力氣了。我整理了一下桌面，找到陳媽的藥，把它一一分類好，寫上該注意的字詞，想說再等不到女兒回來，我只能先這樣提醒她了。

「嘿！抱歉，抱歉，我晚了。」一個宏亮的四川口音劃破安靜的時空，女兒阿千推著門匆忙地走了進來。我抬頭一看，緣分還真巧妙，阿千正好是我之前照顧過的病患看護，我們算是第二次見面了！「阿千！

我是上次的那個護理師呀！記得我嗎？」阿千熱切地直呼驚訝，彷彿看到老鄉好友一樣「記得！記得！是你來看媽媽呀！太好了！」我握住阿千的手問了她：「我們來看看媽媽，她比較虛弱，是不是吃不多？」阿千搖頭嘆了氣：「沒辦法呀！不吃呀！整天只吃米餅，其他都吃不下！」我邊跟著女兒走進去一點，邊跟著她收拾陳媽的床邊。「我一個人，老公前年洗個澡腦出血就突然走了，兩個孩子都在讀書，我不做看護，哪來生活錢？」看著眼眶濕潤的女兒，我遲疑了，深怕再一開口問，她就潰堤了……，她肩上，應該有著如山的壓力，連提起手收拾的背影都如此沉重。

「來！我來幫忙！」我拿起旁邊的椅子靠著邊，簡單的清出了一個空間，好讓陳媽可以活動方便些。陰暗的樓梯下，勉強的擺了張電動床，大夥齊力把沙發上虛弱的陳媽扶到病床上。阿千眼神看著孱弱的母親，嘴裡說：「我平常照顧病人，一有空就繞回來弄個餐食，偶爾我同事經過就餵媽媽喝個水，雖然擔心，但真的沒有辦法。」我輕拍了阿千的背，點點頭，試著想讓阿千知道我懂、我懂她對媽媽的愛、懂她對生活的無奈、懂她對自己的責怪。「我一個禮拜可以過來一、兩次，明天我先載床邊便椅來，讓陳媽可以就近上廁所，比較不容易跌倒，也比較方便。」阿千猛的點頭表示感謝，手邊繼續撿拾散落的米餅，把情緒一把抓回手上。我知道，我要照顧的不只是陳媽，還有扛著這個家的阿千。

隔日，我帶著便椅熟悉的開了門，阿千一樣不在家，陳媽依然躺在沙發上，嘴唇似乎有點乾，我拿起桌上的水，問陳媽要不要吃點東西，喝喝水。陳媽緩緩起身，喝了一口水，又躺下去了，但稍微移動一下，似乎有些喘了，我量了氧氣濃度，幫她戴上了氧氣，摸著陳媽的肚子，拿起按摩油又開始按摩，也知道她應該幾天沒排便了，順勢就處理了解便問題，也讓陳媽自己練習在床邊使用便椅，看著生理症狀被緩解的陳媽，呼吸似乎沒這麼喘了，肚子也鬆了點。「陳媽，我幫你按摩完肚子，上完廁所有沒有比較輕鬆？」陳媽也笑笑地回應「有」。原本再簡單不過的需求，在病人身上，都是這麼重要。我回到車上，拿起電話打給阿千，「阿千，我是護理師，剛剛我把便椅拿到家裡了，也幫媽媽處理了排便，解便完，肚子不脹，媽媽也比較吃得下，但是……」阿千可能忙著照顧病人，電話裡沒多回應，趕忙說謝謝就掛斷了，我語意未盡的掛了電話，繼續思考陳媽的病況，心裡知道，剛剛嘴邊說不出的，該找時間再跟阿千聊聊了，因為……陳媽應該沒有多少時間了。

這天，我跟阿千約好了，要一起幫陳媽按摩腳，陳媽微皺著眉頭，仍然沒力氣的躺著，蒼顏白髮，連說話都沒辦法。「我媽這腳怎麼這麼腫，要怎麼辦？」阿千擔心的這麼問。我手仍撫著腫脹的雙腳，把病症造成的原因還有照護告訴了阿千，阿千看著躺在床上的母親，深幽的告訴我：「我照顧過即將要走的老人家，就是這個樣子……」

阿千居然心裡有底！我當時也嚇了一跳，其實我也正愁著怎麼開口告訴她，「阿千，現在最重要的是讓她舒服，我們努力調整症狀，讓她安心沒有痛苦，媽媽有交代後事了嗎？」「有，她說不用回四川那邊，在這裡就好，我有認識的朋友，會幫我的！」阿千一隻手摸著陳媽，一隻手迅速的擦去眼角的淚，她告訴自己還是要堅強！

隔了幾天，我的公務手機突然傳來阿千的訊息「媽媽早上走了！我們在殯儀館了。」我驚訝的再仔細看看，真的是阿千的訊息，我立刻打電話給阿千，馬上衝到殯儀館。「你還好嗎？媽媽什麼時候走？」阿千哭紅的雙眼，只說兩個字就哽咽：「凌晨，我一下樓……她……就……沒有呼吸了！」「我晚上來幫她蓋了被子，沒特別不舒服，本來我應該在樓下陪她的，但我太累了，不小心就睡著了，她……她……走的時候我沒陪她，她一定很孤單、她一定很無助，怎麼辦？怎麼會這樣子？」阿千難過又自責的情緒讓我也紅了眼眶，我靜靜地先抱著她，拍拍她的背，像第一次見面一樣，我也想拍掉她肩上的壓力、心裡的自責，「你一直做得很好，媽媽知道妳要照顧家、要工作，也知道你愛她、捨不得她，所以在睡夢中走，沒有辛苦太久。」阿千收起了眼淚，點點頭，抓起手邊的供品繼續整理，想讓自己沒這麼難過，我知道，我一定還要再來找阿千，讓她再說說心裡的不捨，還有對媽媽的愛。

那天，陳媽出殯後隔日，我跟阿千約好了到家裡收床邊便椅，這也是我們照顧病人圓滿後會做的悲傷關懷膚慰，我一如往常的開了門，好像平常來看陳媽一樣，一進門，看到阿千趴在桌上，猛然抬起頭看我，散亂的頭髮、無神的雙眼，疲累完全顯在她身上，她勉強坐正打起精神跟我說話：「我每天都有準備菜去看媽媽，希望她有收到。」我拍了拍她的肩，也知道她用很多方法努力讓自己接受媽媽的離開。「你自己還好嗎？有沒有好好吃飯？」阿千點點頭，娓娓說出她昨天辦完媽媽的事太累了，去對面洗髮店洗頭，裡面的洗頭小妹有特殊靈異體質，一邊幫她洗頭，一邊說：「我有看到你媽媽回來，她要跟你說，好好照顧自己，照顧家裡，不要擔心。」阿千說：「她看過媽媽，講的就是媽媽穿的衣服，媽媽真的有回來！」我聽了邊起雞皮疙瘩，不論真實與否，我心裡已是滿滿的感動，陳媽用她的愛，就是要阿千知道，她真的很盡力了，媽媽還是希望你們好好的！我抱著阿千：「圓滿了，媽媽很安心，你做得很好了，要聽媽媽的話，好好照顧自己跟孩子們！」

也許是緣分，讓我跟阿千能再次一起照顧居家的病人，從外人到家人，阿千對病人的熱情跟愛心，我都知道。現在的阿千，一樣在不同的地方照顧需要的人，我們常常交換彼此在居家的甘苦，也一起回憶過去的陳媽，未來，這樣的愛會一直延續，迴盪在我們的心裡。

# 獻給我的朋友——小狐狸

李怡萱．台北慈濟醫院 6C 心蓮病房

一位十七歲男孩患有史蒂芬．強生症候群註而引起肺部衰竭，但更換肺臟的醫療費用較龐大，且每日每夜，男孩說自己感覺像淹水，他的媽媽也日日以淚洗面。他們在加護病房裡，挑戰著大大小小的困難，某日男孩自行拔除氣管內管並表達想走向安寧醫療。

在我初入安寧的這一年，這位男孩常戴著一副深黑墨鏡，墨鏡底下的表情我看不清，唯一清楚的便是他用力的呼吸，醫療團隊透過藥物調整來減少他的痛苦，慢慢的，男孩開始比較舒服後，與我們每一位醫療人員都像是朋友那般親切，我與他在年齡上較相近，自然有更多話題。

## 與男孩的對話

某天我在做治療時和他聊起一本我很喜歡的小說《小王子》，因為對我來說《小王子》裡的每一個角色就像是生活上每一個大人的翻版，它能教會我如何與人相處、如何聆聽自己內心的聲音，擁抱內心最深沉的小孩。那時我問：「如果有一天你成了《小王子》裡的主角，那你覺得自己最像哪個角色呢？」

他說：「我覺得我是小狐狸。」我問：「為什麼？」他回答：「我的生命是自由自在的，我喜歡交朋友，不過我最喜歡的是默默陪在他們身後，陪著他們一起勇敢下去！就算有一天不需要我了，那也沒有關係，而倘若有日他們回頭之時、跌倒之時，會知道我永遠都在這兒……」

我說：「我好羨慕你那樣的想法，其實我很想問你在什麼樣的勇氣下可以這樣想呢？不覺得一個人在付出的時候若不被他人重視，或者就像傻子一樣在背後追隨的樣子，付出久了不會累嗎？如果付出過程中受傷了，那還要繼續傻傻的付出嗎？」

他說：「生病以後我也無法多想什麼，青春中的我，擁有許多快樂的回憶，每一個地方、回憶拼湊、存在了現在的我，在生病的噩耗來臨時，我的家庭本來的快樂與溫暖好像日漸消逝，雖然他們沒有在我面前展現所有情緒，但在轉身之後滿腔沉痛的哀傷、對未來的一知半解，這些憂心我都感受得到，我真的很不喜歡看到家庭因為我的病而改變氣氛，我希望他們不要再這麼的堅強了，我希望他們可以哭出來，流動的情緒才找得到出口，不是嗎？所以有時候我會兇我媽媽、我會直白明了向她清楚道破我的疾病進展，我就是想讓她哭，讓她放輕鬆一點或者不要再自欺欺人了！時間走到了現在、躺在床上、視線模糊不清、肺部就像重重壓迫或者窒息！時光穿梭於我和他們之間，好像離開的日子一天天逼近了！我不害怕死亡，反而更應該多去說、多去做！付出的人並不傻，只要我喜歡的、我願意的，那就去吧！我知道天國在哪、我知道那個地方會很好的；已經苦那麼久、努力那麼久了，不是嗎？我覺得是值得的，我覺得唯一可惜的是，人活著便是為了傳遞智慧，而我現在看上去其實比較像一個沒有用的大學生，我……，傳遞了什麼智慧了嗎？」

我說：「我覺得你很厲害，可以將付出看成是傳遞智慧的行為，想一想我好像沒有什麼特別的經驗，我只記得自己在五專的時候總是對別人很好，而我把自己搞得很忙碌，但最後發現我需要別人幫忙時卻沒有人來幫忙，也有好多人在背後一直說著自己什麼，而且連大人也這樣，好像我得了憂鬱症就考不到護理師執照，我在憂鬱症的圈子裡繞，我不知道我是誰，我好像在付出裡掏空了，你覺得這過程哪裡錯了？」

男孩說：「你為何不能好好愛自己呢？或許你是沒有錯的，而是這過程中，你如何看待自己的呢？我經常看你在傻笑，但感覺得出來你並不是真正的快樂。」這段話，說長不長說短不短，但它每天都會在我腦海中跳躍，我的內心其實經常充滿了起伏與波動，我對這個世界充滿了不解與懷疑，但他的這句話，似乎有了一雙隱形的手，帶著我原諒過去的自己、撫平過去的傷痛，似乎在某一刻，一切都沒有關係了，似乎付出與傳遞智慧是連結的，我的憂愁和哀傷也都是正常的……

病況日復一日的變化，男孩媽媽的情緒也愈來愈哀傷、焦慮，但在團隊共同照料及男孩的提醒下，讓媽媽的情緒得以流動，讓她的內心有人訴說，我們也會努力製造一些小活動，讓媽媽能夠與兒子在僅剩的日子中珍惜每一個時光、回憶過去的每個瞬間。

有時，其實已經不是家屬在照顧病人，而是病人在陪伴、照顧著家屬，在我們沒有看到的瞬間，準備善終或者告別式，不一定是送給病人的祝福，有時更是為了給還活著的人的安慰！小男孩的爸爸，外表看起來永遠都非常的堅強，我們也在小活動中得知其實爸爸一直以來都很努力的在支持著這個家，他知道兒子隨時會離開，他知道他必須很努力，因為還有媽媽要照顧，對於爸爸的這份堅強，感到非常感動卻也哀傷。

## 此刻道別，只是暫別

某一天，在某個不被注意的瞬間……，某個寧靜沉睡的夜晚，小狐狸安靜的離開了。大家都陪伴在小狐狸的身邊，小狐狸穿著黑色的西裝，病痛都好了，安詳且平靜。心理師、護理師引導家屬彼此打氣，要帶著小狐狸的勇氣繼續努力的生活著，我跟小狐狸說：「你說你沒有傳遞智慧，但我覺得你已經成功了，在你生病的這段日子裡，你身邊的每一個人都因為你的體貼，所以內心都有了許多的成長與變化，大家都愈來愈不同了，我們也互相答應彼此一定要努力的生活下去；好好吃飯、好好睡覺。」因為用心的照護，我自己似乎也成了喪親者那般，我好像失去了一位很好的朋友，那時我經常在想，如果他不是安寧那該多好？

但又矛盾的想，如果他沒有選擇安寧，我怎麼可能認識他呢？如果他沒有選擇安寧，他是否很痛苦，像他所說，肺部淹水的感覺，如果每天都是如此呢？不苦嗎？

時間轉到了告別式這一天，我帶上了過去小狐狸最愛的薰衣草與他熱愛的白玫瑰前來祝福。我站在門口，看著大螢幕上投射著過去風光帥氣的小狐狸的照片，我全身不自主的顫抖著，我不知自己該如何前進下一步，家屬看到我呆站在那兒，便上前引領我到位置上。我看到一位母親不停止的哀傷、父親給予母親的擁抱、臉上是隱忍堅強的淚水，那畫面不是簡單幾句幾字能形容的，所有熱愛小狐狸的親友齊聚一堂，送他的最後一哩路也是我們為彼此送出的打氣！

告別式上響著「天國再相見」的感人詩歌，唱著：「離別看似是一種隔絕，我的眼淚，心裡不住傾瀉，可是我卻相信，天國裡能再相見，此刻道別，只是一個暫別……」勇敢的小狐狸在生前自己決定好了送別歌曲，這是他想給大家的安慰與最後的看顧。他曾說：「我希望大家在我的告別式上不要太難過，因為我不想大家都因為我難過，我喜歡大家過去開開心心的樣子，不管家人還是朋友，就只想像從前那樣。」

牧師說：「即使生命短暫，但我們可以從剛剛的追憶影片看到，他非常的努力在面對他的生活，他去了許多的國家，他積極主動嘗試了許多我們都沒有過的經驗，這樣的他其實都比我們還要來的厲害許多，我們都知道他非常的堅強，一個人面對這麼恐怖的疾病，但他卻跟我說不怕死，並且主動決定受洗、自己決定喪歌，住院的過程中也都在用自己的方式默默的照顧體貼家人與朋友，這些是他教會我的。而現在他換了另一種方式繼續陪伴在我們身邊，他先去了另一個更適合他的地方，像詩歌所唱著『為你的生命獻上感恩。感謝天父，每天施恩看顧。期待重遇那天，看見你的笑臉。我知道，你已與主一同在天。』我相信他在那一定會好好的、幸福的，而我們還在這片大地上的大家也要繼續努力的生活著，用心努力的走下去，一個生命不管是死或是活，我們都有一個靈，只要你是自由、是自在，便是復活，所以期勉我們都能將這份面對生活的積極與自信堅持下去，好好的愛自己。」

告別式的最後，每個人能看小狐狸最後一眼，並獻上一朵玫瑰花，是最後的祝福、最後一面、真正的離別。小狐狸很平靜、很安詳，我坐在椅子上哭得非常非常的久，是不捨、是感動、一言無法道盡。一個用心的照顧使我們回到本身的自己，過去對生命的疑惑，對他人的不解，在此刻都沒有關係了，憂鬱症沒有關係、生病沒有關係、死亡沒有關係，只要有做自己的自信、面對生命的積極，這樣就夠了！謝謝祢帶給我的一切，祢告訴了我面對生命的自信、如何好好的愛自己、告訴了我，今天能夠付出的我是多麼幸福的事、真正了解手心向下的付出與感恩，對於被悲傷、被憂愁綑綁的自己獲得了許多的解放，謝謝！真的謝謝！我很想祢，我只是很想知道如果我信仰佛教、會不會以後在天上遇不到祢呢？我也很天真的跑去求佛，祈求祂幫我寄封信給耶穌，請祂幫我好好照顧我的小狐狸，希望祂真的真的幸福與快樂。

## 夜裡發光的一扇門

我想念祢在每一刻，尤其每個夜晚，某個夢裡，有一道發光的門，祢從那兒走了出來，穿著當日的西裝，祢拉著我的手，臉上是幸福的微笑，而祢準備離去，夢裡的我似乎已經忘了祢離開的事實，我問祢：「祢可不可以留下聯絡方式呢？不用電話號碼，LINE也可以！」祢笑了，並放手後離開了，那一天醒來後，我很高興，因為我知道祢與主一同在天，祢是幸福的，似乎這樣就夠了。

日後，我與小狐狸的媽媽仍然經常見面，我們像朋友、像家人，因為在乎所以重要，我希望她可以幸福快樂，不管是什麼樣的情緒、什麼樣的狀態，都沒有關係，每一天每一天都進步一點點，而我想告訴小狐狸的媽媽：「大家都很愛妳，我們永遠都在這陪著妳，妳是不孤獨的；妳也一天比一天還要好，妳是一位好母親！」

我仍然常想起小狐狸，偶爾還是酸酸的，但我知道祢是幸福的，想念的時候我會點薰衣草精油、聽祢愛聽的歌、吃祢喜歡的巧克力，我知道祢還在，我會看著星星懷念與祝福著祢！謝謝！真的謝謝！獻給我的朋友小狐狸。

---

【註】：史蒂芬．強生症候群（Stevens-Johnson syndrome，簡稱 SJS）是一種因藥物治療所造成的皮膚疾病，會引發皮膚與黏膜組織的嚴重過敏、發炎反應。

# 相遇在侏儸紀時代

林淇溱・台北慈濟醫院護理部心蓮病房

每天睜開雙眼，凝視著無數臺冰冷的機器，被困在狹窄的病床上，看似監獄的欄杆將你圍住，伸手抓住的不是美好與夢想，而是求助的紅鈴與救命的氧氣，於是想了想，活著，到底是為了什麼？當一個人，只剩思想，卻沒有執行能力，日復一日，乏味無趣，生活是倒數，死亡是解脫，終於有一天，能告別這傷痕累累的軀體，我想那才會是真正的快樂吧！

我們都明白有些鳥兒生來就不屬於牢籠，記得有部電影這麼說過：「有的鳥兒終究是關不住的，他們的羽翼太過光輝，當他們飛走的時候，你會由衷地替他們開心，因為他們終於拾獲自由。」

只是當我們回頭想想自己，卻還在這個地方苟活，想念滿溢，他們一走，這地方也就更加灰暗空虛，即使如此，我想，我們仍會非常懷念，因為深愛。

他是一位懷揣著飛行員夢想的十九歲男孩，在二〇一九年時，診斷為史蒂芬・強生症候群（Stevens-Johnson Syndrome, SJS），隨後因反覆肺部感染入院，治療方向最初給予多種抗生素，時間久了藥效也逐漸無法發揮效果，呼吸困難、胸痛及呼吸衰竭，是長期入院的導因，以致最後不得不給予BIPAP（正壓呼吸器）及Endo（插管）以維持生命，但男孩意識清楚呀，那是多麼痛苦，於是，自己拔除管路，反覆好幾次，直到大家正視他的不適，看見他的堅持，才讓這段生命的最後，有了不一樣的轉機，讓餘生也許不再只有黑暗。

## 初次見面

對於初次見面的記憶是很依稀的存在，記得在好幾次的團隊會議中，經共照護理師口中聽見男孩的症狀及目前疾病進展，那很有自己想法的個性，不常與醫護人員說話，有時甚至是命令的口吻，和身旁焦慮的媽媽及較少提及的爸爸。在每次的會議後，眾人一同討論著男孩病況，而我們心裡都知道，有天，會和男孩見面，這樣的機緣是命中注定，無法抗拒，但願至少在相遇的開端，人生的末端與故事的終端，可以有更多陽光照進這應當璀璨的生命中。

第一次相見，是在一個夜深人靜的夜班，沒有多餘的人聲，只有不斷發出的大流量氧氣聲，看著男孩因史蒂芬・強生症候群開過多次手術最終還是混濁且無法閉合的雙眼、因呼吸喘而張大的嘴巴及採半坐臥姿蜷縮的身軀，卻仍很有個性翹著雙腳的下半身，一個十九歲的大男孩躺在一張不知年齡的病床上，身旁有一個很大的恐龍娃娃，以及入睡中的媽媽，第一天的夜晚，很安然的度過，而在我內心裡，一直有個聲音不斷冒出：「找個話題吧！打破沉默」，讓自己和男孩熟識。知道男孩頑固的個性，讓我更想了解他、走入這段未知的生命中，用我的方式。於是，看著身旁那隻恐龍，開啟了我和他的際遇，也看見了他快笑出眼淚的雙眼及因大笑而張大的雙唇。往後的日子裡，笑聲變多了，所有的一切，似乎有了變化，很細微很渺小，卻很重要。

媽媽和男孩相處時常在鬥嘴，起初男孩因呼吸喘及睡眠問題，不斷的調整藥物並和醫療團隊溝通，媽媽會在照護中提出意見，男孩也是，在表達自己想法的過程中用他專屬的口吻，某些時候，有些傷人。但大家都知道，他並沒有惡意，可是媽媽能明白嗎？能釋懷嗎？能找到與男孩相處的模式嗎？後來發現，我的擔心，其實多餘，因為他們用著只有彼此知道的表情、語言、眼神在互動著，當然偶爾還是會有些不愉快，可我想，這就是愛，一個能用最真實的態度對待並接受對方的關係。

爸爸和男孩的相處就像朋友般，每日於下班後約莫六至七點多，總能看見爸爸的身影，默默的經過護理站，再悄悄的走入病房。那時大夜班的我從未見過爸爸，於同事交班口中感覺到他是一位話不多的父親，就和病人一樣，於是我好奇的詢問媽媽，爸爸是個怎麼的人，她說，他的頭髮有點長、像藝術家，瘦瘦高高的、像男孩，有時會戴墨鏡，有點神祕感。接著，拿出手機，找了幾張相片。後來，我和爸爸見面了，用這樣的方式，就如同他本人一樣，充滿神祕的氣息。

在那些症狀控制的日子裡，病人多半仍能由口進食，乳酪塔、蛋捲、速食套餐、蛋糕、冰品、飲料等，很符合男孩年紀的飲食，其實醫療團隊幾乎不會限制飲食，最終原則即是不要嗆咳，不要造成除疾病本身外多餘傷害，因為吃對多數人來說，是件滿足且療癒身心的事情，也是種發洩，在那些少數僅能自己控制的某些時刻裡，媽媽也是不斷滿足男孩需求，盡她所能，在那些還能為他付出的最後一段人生裡，爸爸則是擔當朋友及和事佬的角色，將尷尬的氣氛轉為和諧，將好笑的氛圍放大幾分，全家都在用他們的方式，好好生活。

這樣看似平淡的時光，其實不長，男孩的病況持續走下坡，止喘藥物的劑量持續上調，醒著就喘的情況讓男孩想多點時間在夢境裡，睡著也許會好點，睡著也許沒有疼痛，睡著也許能更舒服。病痛不斷折磨著男孩，開始有了自殺的想法，表示夜眠不好想趕快解脫，詢問自殺相關事情，男孩沒想法，只想快點離開，且容易對於媽媽的言行感到生氣，對於爸爸則較不易。

問男孩生氣在於什麼事情，他未說，只表達對於媽媽仍有些不滿。那是不滿，還是因為疾病導致的痛讓他們之間有了間隙，把彼此推向遠端，我想只有男孩知道。

## 病苦中的支撐

記得在一次的「聊傷療傷家屬支持活動」，聽著寡言的父親說著昔日種種，想起過去生活多采多姿，不管是工作還是家庭，且男孩從小就很自律，平時也善於社交，接手過許許多多的打工，但不是為了錢，而是喜歡和人相處及互動。接著落寞的說著自己覺得男孩生病後，脾氣變得不太一樣，會常常兇家人，這樣的他其實並不是真正的他，其實男孩內心真的很無助吧！無可奈何的感覺，真的很差，而我們都是第一次當父母，面對這樣突如其來的事件，也不知道該如何陪伴男孩度過⋯⋯。在過去的家庭相處模式上，其實男孩不太常表達內心的想法，但從來不會讓父母擔心，生活自由自在，很做自己。男孩生病以後，整個家庭都有了改變，爸爸是家中的支柱，無法倒下，同時也感受到媽媽心理壓力甚大，彼此都是對方現階段的支持和鼓勵，內心仍存有一絲期盼，盼望可以出院回到那個熟悉的家，但卻也悉知疾病的進展速度及預後，不變的是，希望男孩能夠舒服的善終，不受苦。

那天後，於每次照護過程中，時常引領媽媽及爸爸了解並肯定自己的付出，感受親情的偉大，珍惜每一刻的相處及生活，並透過現在生活中彼此的扶持、陪伴，慢慢發覺生命中不同的美和愛，進而發現自己並不孤單，緩下自己的情緒，也允許自己停下腳步，充實並用心的過好每一天，這樣就再好不過了！

只是，最後的那段路，還是走得辛苦。男孩除了呼吸喘還參雜了疼痛，看著他整個捲曲的軀體，冒著冷汗；緊緊深鎖的眉頭，用僅存的氣息訴說著苦痛。能給的除了止痛藥物，還會使用其他輔助療法：精油薰香、穴位按摩，遠紅外線等，也在一旁伴著，靜待那份疼痛遠離，用最無聲的方式，和他一起走過。

回想起在每次的對談及照護中，主導話題的媽媽總是洩漏男孩許多祕密，我從餘光看見男孩的無奈，卻也感受到一絲驕傲，因為在媽媽口中，他真的很優秀也很善良，有了他的時光，好美好美，也很豐富。隨著照顧時間的增長，某天上班，看見同事手中拿著巧克力，詢問後才知道是男孩媽媽送的，這是她傳遞溫暖的方式。直到某天輪我上班照護時，媽媽從角落拿出了巧克力遞給了我，並說：「這幾天都剛好和妳錯開時間，沒遇見妳，一直幫妳留著，就是想當面拿給妳，希望妳會喜歡。」徐徐的微風吹進了心裡，整個心都變溫暖了。

時間走著走著，男孩的意識也逐漸改變，清醒的時間變少，睡眠的時數增加，爸爸和媽媽臉上的笑容也慢慢消逝，情緒波動因男孩而起，當他醒來，好像有了曙光，但若是入睡，天空似乎變得灰暗，尤其媽媽較為明顯，醫療團隊時刻關注著，我們都知道，她很努力的在準備，只是仍需要很多很多時間，不急，也許要一輩子，因為深愛。

那是個寒冷的夜晚，男孩卸下殘破不堪的軀殼，踏上了嶄新的旅程，那是發自內心的快樂，燦爛的笑容，訴說著他的喜悅，只是身旁的媽媽，止不住的淚水不斷從雙眼落下，傾訴著生命的殞落。最後，在爸爸媽媽細心的呵護下，他穿上筆挺的西裝，揮手說再見。此時陽光明媚、春暖花開，想要的一切都能擁有，只是有些人還在路上，但我想，他們的再次相遇並不會太久，因為愛會引領他們找到彼此。

## 伴著淚水的祝福

最後，想和男孩的爸媽說說話，於是提起筆寫了信，因為我始終相信文字的力量，可以撫慰人心。在那些獨自一人承受世界紛擾的時刻裡，在那些只有自己撕心裂肺的夜晚裡，只是有些話仍來不及在信中提及，男孩就已背上行囊轉身離開，而這位強忍淚水的母親也用最客氣的口吻和醫療團隊道別。爾後的日子，醫療團隊心理師仍持續追蹤男孩的爸媽，進行遺族關懷，病房護理師也在那個為男孩送行的日子到場親送他的全新旅程，帶著鮮花、伴著祝福，但仍有淚水。

時間，似乎把影子拉得好長好長，在那些陽光退去的時分裡，月光照進屋角的時刻裡，房子被淚水淹沒，所有的快樂都一掃而空，全部的歡喜都不復存在，好像沒有了生存的意義，因為生命中最重要的人，已經離開。但願如果可以的話，好好的大哭一場；如果可以，好好的擁抱自己；如果可以，好好的相擁入睡。留下的人一定要更努力的生活，雖然偶爾會哭泣，但要笑得更多，活得更堅強，這就是對那些離開的人的報答，剩下來的人只能繼續前進，我們可以盡情的大笑，用力的大哭，也享受生活。這是我一直想帶給男孩母親的話，「好好生活」。

當生命殞落，我常在想，他們去了哪兒？我們正凝視著他們，他們是否也在看著我們，看著深愛他們的人哭泣，卻無法給予安慰；看著深愛他們的人心碎，卻無法在身旁陪伴，明明很近，卻無法觸碰。

而我相信靈魂也有重量，因為它承載了我們這一生所有的喜怒哀樂，所有的人生回憶，所有的歡笑與淚水、悲歡離合，帶著此生的行囊，再次啟程。但願不會太過牽掛，那裡一定春色滿園，道路的兩旁開滿了好美好美的花，天空很藍、有些雲朵，身旁還是有你愛的人，是這樣嗎？好想知道，但那些知道的人還未給我捎來短信。

緣分真的是很奇妙的東西，它讓我們相遇卻也迫使我們分離。在我的想法中，難過是個重要的事情，不應該去抵抗，想哭就哭，因為淚水承載了對彼此的愛，無論親情友情或是愛情。在這段照護過程中，我看見了愛不會因時間而消逝，也不會因離開而減少，在那些還能相處的日子裡，用最真誠的情感問候對方。儘管有些時候會因為疾病的不適導致態度不佳而產生不悅，但那雙手還是緊緊牽著，擁抱仍很溫暖，只要靠著彼此，每時每刻都是那麼地令人動容，在日常中，用最坦然的方式，道謝、道想念，也道愛。當最後再想起這段時光，嘴角會有一抹淺淺的微笑吧！

國家圖書館出版品預行編目資料

陪伴：最美的醫療人文．2 / 慈濟四大志業同仁及志工作．-- 初版．--
臺北市：經典雜誌，財團法人慈濟傳播人文志業基金會，2022.06
248 面；15x21 公分
ISBN 978-626-7037-58-4( 平裝 )
1.CST: 863.55

111006495

# 陪伴 最美的醫療人文2

作　　者／慈濟四大志業同仁及志工
發 行 人／王端正
總 編 輯／王志宏
總 策 畫／佛教慈濟醫療財團法人學術發展室
企劃、執行主編／曾慶方、楊金燕
叢書主編／蔡文村
叢書編輯／何祺婷
美術指導／邱宇陞
美術編輯／裴情那
封面攝影／陳安俞
內頁攝影／謝自富
校　　對／佛教慈濟醫療財團法人人文傳播室　沈健民、林芷儀
出 版 者／經典雜誌
　　　　　財團法人慈濟傳播人文志業基金會
地　　址／台北市北投區立德路二號
電　　話／02-2898-9991
劃撥帳號／19924552
戶　　名／經典雜誌
製版印刷／軒承彩色印刷製版股份有限公司
經 銷 商／聯合發行股份有限公司
地　　址／新北市新店區寶橋路235巷6弄6號2樓
電　　話／02-2917-8022
出版日期／2022年6月初版
定　　價／新台幣340元


ISBN 978-626-7037-58-4 (平裝)
Printed in Taiwan

[醫療]
MEDICAL
[人文]